まだ夢の途中

田中寛之
Hiroyuki Tanaka

文芸社

友へ

『涙』

悲しいから泣いてるの？
違う
苦しいから泣いてるの？
違う
じゃあ、なんで泣いてるの？
わからない
次から次に涙はやってきて、頬《ほほ》を濡らして帰っていく
行き先は誰も知らない
尋ねても答えは返ってこない
知っているのは涙だけ
涙だけが知っている
僕達の本当のことを

亜沙美《あさみ》は言った。

「あなたとはつきあえない」

予想していた答えとはいえ、和也《かずや》は傷ついた。何度フラれても慣れることはない。「俺はモテないんだ」という刻印がより深く、厚く自分の心に刻まれた気がした。

海沿いの公園で告白し、最寄りの駅まで並んで歩いた。気まずかったが、気まずいだけの空気でもなかった。二人の間の空気には親密さすら漂っていた。

「和也のこと、全然嫌いってわけじゃないんだよ」

「うん」

「むしろどっちかって言ったら、好きだよ。でも、つきあうことはできない」

「うん」

「なんかそういう対象じゃないんだよね。そういうふうには見られないんだよね」

「俺は何かが欠けているのかな?」

「うーん、どうだろうね。わからない……」

「うん。たぶん何かが欠けているんだ」

和也は亜沙美にフラれてから、三ヵ月ぐらいは落ち込んでいた。俺は誰にも愛されないいんだとかこの先いいことは一つも起こらないとか後ろ向きなことばかり考えていた。

それでも時間が失恋の痛手を癒したし、和也には仲間がいた。中でも二人の親友は和也がどん底の時に寄りそってくれた。

一人はアキラだ。アキラは和也の一つ年上で、デイケアという精神の病気を抱えた人が日中の居場所として、または就労へのステップとして利用する病院内で行なわれているプログラムで出逢った。あれから五年が経つ。和也もアキラも五歳年を取った。その間に二人共に様々なことがあったし、挫折し、傷つきながら、助けあって、乗り越えてきた。困難のたびに二人の絆は強固になった。

「お互いいろんなことがうまくいかなくても、八十歳の時も一緒にいられたら、それだけで幸せだよね」

とアキラが安い居酒屋で麦焼酎をのみながら、ボソッと言ったことがあった。その言葉は何気なく言われた分、真実がこもっていた。和也はアキラと一緒にいると、時間を忘れることがよくあった。会社のくだらないミーティングは一時間でも退屈で、何度も何度も腕時計を見るというのに、アキラと会って、カフェや居酒屋で話していると、あっという間に終電の時間になってしまう。それぐらいアキラとは馬が合うし、出逢って五年経っても関係は冷めなかった。五年経って、落ち着いたり、熟成はされたが、二人の関係は冷めてはいなかった。本当の友情とは一時的に危機的な状態になったり、あつれきが生じても、決して途切れない関係のことを言うのではないだろうか（二人が現実で会わなくなったとしても）。

もう一人の親友は十六歳年上の只木さんだ。只木さんは熱心なクリスチャンで、哲学や文学にも造詣が深い。和也は二十歳の頃から作家を志しているのだが、只木さんの指摘やアドバイスはいつも参考になったし、励ましにもなっていた。只木さん自身も詩や日記を書くのだが、それも大したレベルだった。只木さんの書く詩は、自分をきちんと見つめ抜いた人だけが描《えが》ける中立性や優しさ、悲しさに溢れていた。

「佐々木さんは今みたいなペースで書き続ければきっとプロになれますよ」

と只木さんは和也が自分の書いているものに自信をなくしている時に、必ずといっていいぐらい言ってくれた。和也は志しているとはいえ、自分がプロになれるなんて思わなかったけれど、只木さんにそう言われるとやる気がでたし、自分の書いているものも捨てたもんじゃないと思えた。

只木さんと出逢ったのは八年前に精神病院に入院した時で、お互いが文字通りどん底の時に出逢った。同部屋だった只木さんが和也に声をかけたところから関係が始まった。和也は最初只木さんに快い印象を持っていなかった。手はほとんどいつも震えていたし、喋り方が独特で何を言っているか、はじめはわからなかったからだ。宗教的な話も多く、そういう話題になじみのなかった和也は恐れすら感じた。

それでも、退院後も定期的に会うようになって、只木さんが考えていることや感じていること、

話そうとしていることが段々わかるようになってからは二人の関係性は段々温かいものになってい
った。そして、只木さんも和也の「価値」みたいなものを認め始めていた。

「佐々木さんの一番良いところは辛い時も不幸な時も常に『希望』があるところです。そこを大事にしていけば、絶対に大丈夫ですよ！」

とよく言ってくれた。

年は十六歳も違うが、只木さんとは不思議と同じ目線で話せた。それはたぶん只木さんの謙虚な人柄によるところが大きいのだろう。只木さんは全く偉ぶるところがなかったし、人生の先輩面するところも全くなかった。それでいて、いつも前向きだったし、自分自身と人生をよく知っていた。いろんな人生経験を経た只木さんの言葉は独特だったり、個性的すぎて、理解できないことも多いが、それと同時に含蓄があって、説得力があった。キリスト教信仰に裏打ちされた、力強い前向きな言葉は何度も和也を励ました。

「大丈夫です。きっと希望が待っています！」

「苦しみは喜びに変わります！」

「きっと今の努力が実りに変わる時が来ます！」

など。他の人が言ったら、気安めに感じられる言葉も只木さんが言うと真実の響きがこもっていた。

和也は二人の親友のおかげで、失恋の苦しみを乗り越えられたし、今までの幾多の苦難や絶望の夜をやり過ごしていくことができた。そして、二人のおかげで、仕事や文学を頑張ることができた。

和也は病状が安定した今でも、時より猛烈な不安や憂鬱に苛まれることがあった。頓服薬を飲んでも、不安や憂鬱、怒りは収まらないことがよくあった。そういう時は一日中絶望的な想念を抱きながら、布団で横になったり、怒りを壁に穴をあけることや母親に当たり散らすことで晴らしていた。

和也は調子が悪い時はとことん生きるのが嫌になった。布団に横になっている時は、どうやって死のうか、そればかり考えていた。特急列車に飛び込んだり、高層マンションから飛び降りたり、深い大きな川に入っていこうか、そんなことばかり考えていた。でも、考えれば考えるほど死ぬのは恐かった。自殺に失敗して、損傷と障害を新たに抱えて、生き残る恐怖を思ったりもした。とにかく死ぬのは怖かった。「死」の向こう側には何があるのか、全く想像できなかった。そして、自分で死ぬことはどんな事情や理屈があっても正当化されない気がした。和也は「生きたい」から生きているというよりも、「死ねない」から生きていた。今はそれでいいと思っていた。そういう時期があってもいいと思っていた。そして、いつかきっとこころから、「生きたい」とか「生きていて、よかった」と思えるようになると信じていた。

和也はよく憂鬱や不安、「死にたい」という衝動に襲われたが、決して後ろ向きなだけの性格ではなかった。むしろ和也は前向きだった。和也ぐらい困難を抱えていたら、もっと道を外れてもおかしくなかったが、和也は弱いようで強かったたし、何より真面目だった。真面目さと誠実さは和也が持つ何よりの美徳だった。

和也は「なんで生きるのか？」みたいなことを考えるのが好きだった。いや好きだというよりも、気づいたら、いつも考えていた。「生まれたくて生まれたわけじゃないのに、なぜこんなに矛盾に満ちた世界で労苦に満ちた一生を過ごしていかなければならないのだろうか？」などと思ったりした。

考えたって答えは出ないし、人からほめられるわけでもないし、一円の得にもならないのはわかっていたけれど、和也は考えるのをやめられなかった。そして、考えたことをノートに書き留めていた。それは一行のメモだったり、断片的な会話文だったり、詩だったりした。

和也には長い間彼女はいなかったし、給料も安かったので贅沢もできなかったが、ある意味ではいつも満たされていた。それは「考えること」と「書くこと」があったからだ。和也は根っから考えることが好きだったし、考えたことをアウトプットできる書くという行為も性に合っていた。

自分の頭の中にあるイメージや象徴をいつか整った形で世に出したかった。和也は自分の社交性や適応能力には全く自信はなかったが、考える力と感受性にはいささか自信を持っていた。考える力と考えたことを表現する書く力、この二つの力を伸ばしていけば、「面白いんじゃないか？」そう和也は思っていた。もちろん自分がまだまだだってことは自分が一番わかっていた。古典などを読んでいると自分の力量のなさを痛感させられて、物語に入っていけないことすらあった。

それでも和也には父親から受け継いだ楽観性という武器があった。何度挫折しても、嘲笑されても、へこたれない精神があった。向かい風でも、逆流でも止まらない前進力があった。

和也を馬鹿にする者も多くいた。「そんなことできっこない」「才能ない」「現実を見た方がいい」彼らは皆、口々にそう言った。そして、彼らの眼は皆、一様に濁っていたし、漂ってくるのは腐臭とため息だった。厭世に満ちた眼差しは何を見ても輝かなかったし、打算と妥協に満ちた日々は内側が空虚だった。彼らと一緒にいるのは、生命のない音楽を聴いているようなものだったし、魂のない絵画を観ているようなものだった。彼らはただ生きていた。惰性運動のように昨日の続きを、五年前の続きを今日もやっていた。和也は彼らによく傷つけられたから、苛立ちや怒りも感じていたけれど、同情してしまうこともよくあった。「彼らは目標も生きる意義もないんだ。他人を不快にすることしかやることがないんだ」そう思うと、自分まで悲しくなった。「夢や目標のない人生にあと何が残るだろうか？」和也はそんな答えのない問いを考えさせる人々に数多く会った。一般の社会でも数多く会ったが、精神病院ではなおさらだった。

しかし、そう言っている和也自身も「虚無」にはよく陥った。仕事は障害者雇用とはいえキツかったし、彼女ができないのは和也の近年の最大の悩みだった。

精神的に調子を崩して大学を中退してから、和也は（アキラも）日陰の人生を歩んできていた。みんなが楽しそうに遊んだり、充実して仕事に励んでいる時、和也達は病院や自分の暗い部屋にいた。自分の殻をどうしても破れなかった。社会に入ってゆくのがどうしてもためらわれた。

和也は体調を崩し、会社をやめてしまった。ギリギリまで頑張ったが、これ以上無理するのは危険とドクターが判断した。

和也は悔しかったし、自分が情けなかった。どうしても毎日休まず出勤するということができなかった。統合失調症という病気になって十年近くになるが、いまだに体調をコントロールできずにいた。

それでも和也には支えてくれる仲間がいた。二人の親友の他にも家族、デイケアで出逢った仲間、カウンセラー、行きつけのカフェの人々。彼らはみんな和也の心からの仲間だった。利害関係や打算のない関係だった。和也は彼らを愛していたし、彼らも和也を愛していた。

和也は彼女こそいなかったが、たくさんの信頼できる友人や仲間に囲まれていた。彼らは和也のキャラクターをほとんどそのまま受け入れてくれていた。

家族は和也の幾度もの発作や入院に対しても、寛大に温かく接してくれて、和也が成長していくのを促してくれた。母は小柄で華奢ながら芯が強く、度胸が据わった人だった。亡くなった父は陽気で楽観的でエキセントリックで、エネルギッシュで何より優しかった。姉はいつもにこにこしていて、少しだらしないところもあるけれど、真面目でユーモアがあって、人から愛される人だった。ばあちゃんは寡黙で、働き者で、内向的で、少しボケていて、一緒にいると心温まるような人だった。十代や二十代前半の頃はよく家族とぶつかったけれど、和也も家族も少しずつお互いを理解していった結果、今では温かい関係ができあがっていた。

デイケアの仲間は年齢から経歴からタイプから実に様々な人がいた。元陸上のトップアスリートから元ヤクザ、システムエンジニア、バイオリニスト、サーファーまで。本当に多士済々の顔ぶれだった。

アキラとも只木さんともここで出逢ったようなものだった（只木さんは退院後デイケアに通った）。デイケアのみんなは自らが精神の病や心の傷を抱えているから、自然と他者にも優しかった。時には優しすぎることもあった（思いやりすぎて自分が体調を崩してしまうことも）。それぐらいみんなは優しくて、つきあっていると心地良い気持ちになれた（もちろんどこの社会でも問題児や逸脱した人というのもいて、デイケアも例外ではなかったが）。

和也はデイケアを卒業して三年以上経つが今でも関係が途切れていない人が本当にたくさんいた。そして人生の先輩からは今でもたくさんのことを学んでいる。多くの年上の人に随分守られている気がした。

デイケアの先輩は病気の先輩でもあった。統合失調症は多くの場合二十歳前後で発病する病気で発病した当初はみんな今まで通りの生活が送れず、戸惑う。就業などに困難を感じ、就職しては退職するということを繰り返す人も多い。和也もそうだ。精神障害者における障害者雇用の法整備はまだまだ十分とは言えず、短期間で仕事を辞める人の方が多数派なくらいだった。

そういう意味でも病気の先輩や人生の先輩の存在は和也にとってすごく大きかった。先輩は今の和也のように悩みや苦しみや葛藤を経て、今ここにいるのだ。諦めだったり達観だったりを経ているから、眼差しがすごく優しかった。和也なんかより遥かにどんと構えていて、余裕すら感じさせた。包容力があったし、ユーモアがあった。そういう頼りになる先輩が五、六人いたから、和也はいつも心強かった。何より優しい眼差しと笑顔が印象的だった。

和也の病状は説明の難しいものだった。不安に襲われたと思ったら、怒りや衝動性、攻撃性に苛まれた。元々敏感だったが統合失調症になってさらに敏感になった。ちょっとした物音にもビクッとしてしまうようになった。とにかくいつも緊張と不安に苛まれていた。だが、それと同時に敏感になった分、つまり感受性が強くなった分、芸術面（文学、アート、音楽など）へ関心が深まり、創作にもエネルギーが向かうようになった。レディオヘッド、エリオット・スミス、ニック・ドレイクなどの憂鬱なアーティストを聴いているとより一層インスパイアされた。

自分が何を表現したいのか？　はまだよくわからなかったけれど、表現したい何かがあることだけはわかっていた。簡単に言ってしまえば和也にとって書く意味は「自分をわかってほしい。自分が生まれてきた意味を知りたい。自分や自分の周りを残したい」ということだった。

和也みたいな大学中退ドロップアウト坊にとって健全に自己意識を保つというのは中々難しいことだった。仕事も長く続けられず、社会から落伍者の烙印を押され続ける形になっている和也は自己否定に走ってしまうこともよくあった。仲間がどんなに励ましても、気安めにしか感じられなかった。

どこに自分の居場所はあるのか？　そんな時にいつも行く場所があった。カウンセリングと行きつけのカフェだ。カウンセリングは二週間に一回、金曜日の午前に行なわれる。カウンセリングという響きで話を受容的に聞いてくれて、癒してくれるみたいな連想をする方も多いと思うけれど、実際は全然違って、カウンセラーが鏡となって、自分を真正面から見させられる。今まで自分が目を背けてきた側面も、受け入れ難い側面も見させられる。カウンセリング中に泣くこともしばしばだし、カウンセラーに憎しみの感情を抱くこともしばしばだ。でも、カウンセラーはそのすべてを泰然自若と受け入れる。微笑みを浮かべながら。いろいろな感情を抱くことがあるにせよ、和也はこのカウンセラーを深く信頼していた。彼女の根底には高い職業意識と深い愛情があるからだ。カウンセリングルームにいると「自分はここにいていいんだ」と思える。どんなに絶望的に思える状況の時でも。

行きつけのカフェは和也の最寄り駅から二つめのところにあって、ターミナル駅だから、いろんな場所に行く時に、乗り継ぎがてら、一服するためにこのカフェに立ち寄る（今ではこのカフェに行くためにこのカフェに行っているが）。

ハワイアンがコンセプトのカフェでホールスタッフはパレオを腰に巻いている。あいさつはアロハで、送る時はマハロ（ありがとう）だ。かかっている音楽も優しかったり、ゆるやかだったり、切ないハワイアン音楽が流れている。

和也はこのカフェの常連になってから、五年以上経つから様々な出逢いと別れ、触れあいがあった。背の高いスタイルの良い、笑顔の素敵なOさんや気が強くて、優しくて、めちゃめちゃ美人なSさん、小柄でいつもにこにこしていて、優しいけれど、甘くないT店長など。他にも素敵な店員さんがいっぱいいいた。

和也の今の悩みは彼氏のいるT店長に恋してしまったということだ。T店長の彼氏は和也から見ても素敵でT店長と似合っていて、どうすることもできないとわかっていても、恋とは理性とは別のところで発生するものだから、和也は頭を悩ませていた。

今まで築き上げたT店長との親密な関係を下らない下心で台無しにはしたくないし、和也自身一番T店長の幸せや夢を応援していたから、恋心は邪魔だった。

T店長は素敵だ。笑顔も。働きぶりも。性格も（もちろんすべてを知っているわけじゃないが）。和也にとっては高嶺の花なのに、いつも気さくに接してくれて、気にかけてくれる。書いた文章や詩を読んでくれて、真剣に感想を言ってくれる。和也はT店長に自分の文章を読んでもらっている時、いつも嬉しかったし、ドキドキしていた。それほど和也にとってT店長は大切な存在になっていた。

和也が恋に落ちたきっかけは和也が仕事や体調不良のことなどで悩んでいる時に、

「僕がいなくなったら悲しいですか？」

とT店長に聞いたら、

「じゃあ逆に、私がいなくなったら悲しいですか？」

と T 店長が言ったので、和也は肯きまくった。

「人間は相手に思っていることが返ってくるものですよ」

とT店長は笑いながら言った。

和也はその時、生き返った思いがしたので、感謝の気持ちを込めて後日T店長に詩を贈ったら、その時T店長も疲れていたり、悩みがあったらしく、感極まって泣いてくれた。すごく綺麗な涙だった。すごく素敵な精神的な人だなと思った。和也はこのことを一生忘れないだろう。

だから和也はなおさらT店長との関係を大事にしたかった。早くくだらない恋心を排除したかった。でも、いずれ恋心も落ち着くところに落ち着き、只木さんの言うように『より深い信頼関係』に変わっていくだろうと自分に言い聞かせていた。

このように和也にはたくさんの仲間と居場所があった。


それにも関わらず、何もこれは和也だけに限った話ではないが、生きるのは困難だった。和也は悩みがちな人間でいつも悩んでいた。彼女ができないこと、仕事が長続きしないこと、体調が安定しないこと、統合失調症、発達障害（和也は生まれつき自閉症スペクトラムだった）から来る生きづらさなど。和也は決して陰気な人間ではなかったが、憂鬱な考えや終わりのない悩みに自分を浸すことも多かった。

終わりのない悩みのスパイラルに陥っている時はとことん生きるのが嫌になり、この悩みやこの状態に出口はないんじゃないかとすら思えた。どこまで進んでも先は行き止まりで、出口のない迷路を進まされているだけなんじゃないかという錯覚にすら陥った。

とにかく生きるのは困難だ。他の人にとってももちろんそうだろうが、和也にとってはなおさらだった。

傷つきやすく、感じやすく、そのくせ人一倍プライドだけは高く、物事に対しても偏狭な見方しかできない独善的な和也はもちろんいろんな場面でぶつかり、脆くも崩れさるのが常だった。傷つきやすく、ダメージが深い反面、なぜか回復も早いのだが、それでも和也は傷多く常に不安定だった。

和也の目標は彼女を作る、仕事を安定的に長く続ける、プロの作家になるというよりはとりあえず「生き残る」ことだった。死にたいと思うことも多かったが、でもやはり、動物の生存本能というか、生きたかった。とにかく生き残り、自分の生命を発露させたかった。その生命の発露の具現化したものが詩や文章だ。彼にとって文学は文字通り生命線だった。自分を唯一発揮できる場だった。もっとうまくなりたい、もっと美しいものを形作りたい、読んだ人を感動させたい、いつもそう思っていた。でも、それはもちろんのことながら簡単なことではなかったし、和也に文学的才能が備わっているのかどうかは誰もわからなかった。それでも自分の書いた文章や詩で只木さんやカフェのT店長やカウンセラーなどを喜ばせられると至上の喜びを感じたし、自分の筆力に自信を持てた。文学の世界というのは暗くじめじめしていて、危険で底知れず深いというのは和也もわからないなりにわかっていたし、もしかしたら歩まない方がいいのかもしれなかったが、それでも和也は進みたかった。探求したかった。

そして、「無限の探求」は和也をいつかきっと素晴らしいところに運んでくれると信じていた。和也は昔から目標に対して一途だった。中学の卓球でも大学受験でも一途に頑張って、結果を残せた。文学の世界で頭角を現すというのは今まで為し遂げたことの何百倍も難しいことは重々承知していたけれど、「あの時みたいにきっと奇跡は起こせるはずだ」と三十歳近くのうだつの上がらない青年になった今でも信じていた。

「信じていれば叶うなんて、嘘だ」と世の大人は言いがちだけれど、只木さんは、

「信じてないから、叶わないだけで、信じていれば、叶います」

と何でもなさそうに言ったことがあった。只木さんは二十代、三十代は本当に苦しんで、でも、奇跡みたいに信仰を得られた瞬間が来て、今救われている。だから、信じていれば、叶うのだ。

それと同時に和也の精神は常に不安定だったので、何かをやることに馬鹿らしさを感じることもよくあった。何をやっても無駄に感じられて、世の中で起こっているすべてのことにシニカルになることもよくあった。それには仲間が若くして自殺や事故で亡くなったことも少なからず影響していた。デイケアで出逢った仲間も（出逢ってから）五年の間に三人亡くなった。精神の病を抱えた人にとって死は一般の人以上に身近にあった。死は和也を近いうちに飲み込んでいくかもしれなか

った、津波のように。あまりにも命はあっけなかったし、命の灯火は簡単に風で吹き消されてしまう気がした。

自分がとことんくだらない卑小な存在で、社会にとって役立たずで、簡単に消えてしまいかねないんだと知人の死は和也に知らせている気がした。三人とも近いうち死ぬなんて想像もしなかった。三人の笑顔をよく思い出す。切ない想いと寂しい想いとともに。

生命《いのち》とは何だろうか？　三人の死はそんなことを和也に強く思わせた。

「精神」、それは謎に満ちていた。和也は精神の病を抱えた人と数多く会ってきたから、思うのだが、一概には言えないが、精神の病とはより精神的な人がなる傾向がある、ということだ。例えば、キリスト教で一番の美徳とされる他者のために自分を犠牲にできるような人は精神病になりやすいと思うのだ。精神疾患になるメカニズムは医学的にもまだ未解明な部分が多く、僕みたいな素人の意見には説得力も論拠もないのだが、たくさんの精神疾患の人と触れあってきた経験と直感だけで言わせてもらえば、精神の病とは神聖な病なのだ。高すぎるモラルや一つの観念や目標に一途なのも精神疾患を引き起こしかねないものだろう。

和也の中では常に憂鬱と不安が手を取りあっていたし、それが希望と夢に戦いを挑み、せめぎあっていた。和也の中には混乱した宇宙《コスモ》があった。それはすべての精神病者に共通のものかもしれない。精神疾患は差別にも遭いやすい。幻聴や幻覚、妄想、ダルさ、それらが精神病者を苦しめていた。バランスを欠いた世界観、現実から逸脱、あるいは超越した自意識、強すぎる感受性、鋭敏な感覚、精神病者はそれらいずれか、または複数、あるいはすべてを保持している気がする。

和也はたまに行きつけのカフェのいつもの隅っこの席で、銃《ピストル》を取り出して、右のこめかみに弾丸を撃ち込み、血がテーブルを染める妄想をしたり、鼠をナイフで切り裂いて、鍋で煮こむイメージを脳内で再生したりする。世界はグルグル廻っていた。和也の混乱した世界観とアイデンティティを引きつれて。和也はまたいつか二十代前半の時のように発狂するんじゃないか、狂ってしまうんじゃないかと恐れていた。それを防ぐために書いていた。薬を飲んでいた。人と喋っていた。執拗に歩いていた。繰り返し同じ音楽を聴いていた。

黒い太陽は絶望的に美しく輝いていたし、子供の頃に見た燃えるような空の輝きは今でも瞼《まぶた》の裏にあった。煙突からは白い煙が断続的に溢れ出ていたし、川岸にある石ころは表面が削られ、角《かど》が取れ、滑らかになっていた。

「私に忘れられたくなかったら、偉大な小説家になって、その存在を私に思い出させてくださいね」と行きつけのカフェで昔働いていたSさんは最後の出勤日に和也に渡してくれた手紙の中で書いてくれた。

忘れられてしまうかもしれなかった。今はまだ覚えているだろうけれど、五年後は、十年後は、わからなかった。自分という存在がこの広い宇宙の小さな惑星《ほし》の日本という国に埋没してしまう気がした。川を流れてきた小石みたいに個性が削られ、周りや他者と均質な物体に成り下がってしまう気がした。そしたら、「佐々木和也」は消えてしまう。誰でもいい替えが利く誰かになってしまう。

だから、絶対に「偉大な」小説家になりたかった。Sさんとの約束を守るために。Sさんに覚えていてもらうために。自分の尊厳を守るために。この制度化、システム化、均質化、無機質化されつつある社会に反抗するために。

憂鬱な鐘の音が気だるげに繰り返し響いていた。警鐘を鳴らすように。「このままじゃいけない」「何かを変えなくちゃならない」「でも、もう遅すぎるかもしれない」「どこで間違えたんだろう?」とでも言っているようだった。

Sさんの透き通るように白い肌と真っすぐに見つめてくる大きな瞳が思い出された。彼女は美しすぎるというか、人間として完成されすぎていて、心配になるぐらいだった。儚い夢や一瞬の花火のようだった。でも、彼女ならきっと大丈夫だ。彼女自身が手紙の中で書いていた、大事にしている言葉『幸せになりたいのなら、なりなさい』(If you want to be happy, be.)があるからだ。彼女にもらった手紙(もう何十回読み返したか、わからない)を読むと、いつも自分らしい道を、自分らしいやり方で、幸せに向かって一歩一歩進んでいこうと思える。彼女ならきっと大丈夫だ! 彼女の幸せをいつも祈っている。彼女はきっと周りを心配にさせるぐらい少し美しすぎるだけなんだ。

「今思えば、彼女としたかった話はいっぱいあったけれど、たぶん話さなくてよかったんだ」と和也は思っていた。魔法が解けてしまうから。他の人はどうかは知らないし、矛盾しているかもしれないけれど、和也は好きになった人のことはあまり知りたくなかった。ずっとわからないままでいたかった。

僕は何年も何年も何かを待っていたけれど、結局何も来なかった。それで気づいたんだ。最初から間違っていたんだって。

空は抜けるように青く、どこまで行っても届かない気がした。アクセントをつけるためだけに白い雲が流れているようで、僕の二十代はもうすぐ終わろうとしていた。何かをしてこられたかはわからないけれど、幸い髪の毛はまだ乏しくなる気配を見せていないし、生きることをやめたくなる気配も今はない。他の人と同じように生きている意味をわからないままに今日まで生きてきて、これからもわからないままに生きてゆくのだろう。

波はゆるやかに寄せたり、返したりして、青い瞳をした天使を喜ばせていた。（月夜に）さざめく水面《みなも》に映る僕は驚くほど幼く、心細げだった。ただ無知だからこそ開かれている門への道を天使が案内してくれて、白い門をくぐると過去と未来の恋人全員が待っていた。すべてが優しい月灯りに照らされ、微笑んでいるように見えた。でも、というか当然のことながらと言うべきか、その映像《イメージ》と幻想《ヴィジョン》は一瞬で消えてしまい、暗闇の中、ひとり僕は取り残された。


『地平線の向こうへ』

打ち寄せる波にタイミングが合えば、何か生み出せるだろう

なくてもいいけど、あればよりよくなるような、何かを
人生をよく知っている人にとっては
風を捉えることはさして難しくないことだろうけど、
僕は簡単な問題にも答えを出せず、途方に暮れている
誰か来てくれるだろうか？
自分から近づいていくべきなのだろうか？
二人の中間点で温かいものは生まれるだろう
触れるか、触れないかの中間点で風は吹くだろうし、
波は打ち寄せるだろう
何かを知っていると思っていた自分が何も知らないことを知った時、
学ぶということが始まる
二十九歳は何かを学び始めるにはちょうどいい頃合いだ
まだうまくできないけど、いつか風や波と一体化したい
自分の一番大切なものを空に飛ばせるように
一番信じているものを海に浮かべられるように
世界と一体化した時、
僕達は遠くにある地平を新たな視点で見つめることができるだろう

今までとはちがう、より鮮明な視点で

「偉大な」小説家になんてなれるわけがなかった。和也は小説を書く人の前に、くだらないフラフラした、仕事も続かないろくでもないただの男に過ぎなかった。書けるものと言ったら、初心者に毛が生えた程度のものだったし、見通しは暗かった。文学的才能と呼べるものはたぶんなくて、ただ下手な奴が飽きずに好きでやり続けているだけの話だった。

でも、好きだった。書けないことの方が圧倒的に多いけれど、書けるようになっていることも少しずつだけれど、あった。才能はおそらくないし、このまま書き続けても際立ったものは書けないだろうけれど、やめるつもりはなかった。文学以外に人生を懸けられそうなものを和也は知らなかったし、おそらくこれからも知ることはないだろう。

憂鬱は和也にとって霊感《インスピレーション》の源だった。和也にももちろん元気な時や体調がいい時、安定している時があったが、不安や憂鬱に苛まれている時もかなり多くあった。書き手によるのだろうが、和也は精神的に調子の悪い時の方が筆が進んだ。生き残るために書いていた。社会から逸脱しないために書いていた。狂わないために書いていた。自殺しないために書いていた。

和也の文学を応援してくれる人はたくさんいた。昔、行きつけのカフェで働いていたOさんもその一人だ。

背が高く、モデルみたいにスタイルがよく、太陽みたいに明るいOさんにはよく和也の書いた文

章を読んでもらっていた。その頃は今以上に下手でメチャクチャな文章だったのに丁寧にOさんは目を通してくれた。

辛い時はよくOさんやSさんを思い出す。生きるのが嫌で嫌でしょうがなく、逃げたくなった時、OさんやSさんは生き残るための糧《かて》を与えてくれる。彼女達の笑顔や颯爽《さっそう》と色鮮やかな（黄色やピンクなど）パレオをはためかせ、働く姿を思い出すと、元気や勇気が湧いてくるのだ。

和也は就職したり、離職したりを繰り返す、世間一般から見たら、ダメ人間だったが、なぜか多くの人から応援された。和也は両親からたくさんの愛情を注がれた（考え方によっては幾分甘やかされた）結果、人懐っこい人格ができあがっていた（反面人間嫌いで気難しい側面も持ちあわせていたが）。好き嫌いも激しいのだが、一旦好きになった人間にはとことん忠誠を尽くすようなところがあった。結果、多くの人から愛され、応援されることになった。

ただ和也は臆病で弱い人間だった。苦手な人や嫌いな人がいるところへ行くのが極度に不得意だった。また公の場や飲み会やパーティーも苦手だったので、いつもビクついて、隅っこにいるような人間だった。

和也は傷つきやすく、ささいなことで深いダメージを負いやすい人間だったので、生きることはジェットコースターや綱渡り状態だった。そして気が弱く男らしさに欠ける人間だったし、二十九歳になった今でも母や家族に甘えていた。

それでも、和也は今の自分をそんなに悪いとは思っていなかった。もちろん弱いところ、情けないところ、欠点を挙げればキリがないが、自分らしい道を自分らしく歩めているという自負も持てていた。

彼女こそいなかったが（今では持てなくてもいいと思っている）、多くの仲間や夢がある自分の人生に誇りや愛着や生きやすさを感じていた。こっぴどくカウンセラーに叱られたり、痛いところを繰り返し指摘されると自分の存在を疑うこともしばしばだが、カウンセラーや家族や仲間のおかげで少しずつ着実に成長していた（カウンセラーの言うことは耳が痛くなるが、結局は成長を促す。いわば孫悟空の頭を締めつける輪っかのようなものなのだ）。

昔は「未来」なんてないと思っていたけれど、和也は今、その時の「未来」にいて、希望を持てている。「未来」っていう未知の箱を開けるのはいつもすごく恐いけれど、いつも神様はちゃんと計らってくれる。一羽の鳥も見落とさないくらいに。そして、僕達人間にはなおさらだ。

「建設的になれよ」

って昔よく和也は同級生に言われた。今の和也の生き方を見たら、また「建設的になれよ」と言われるだろうけれど、和也はこれでも建設的なつもりだった。人間らしく悩んで、苦しんで、精一杯生きていた。「難しいことだけれど、他人《ひと》が評価する生き方じゃなくて、自分がしたい、納得できる生き方をしよう」と和也は心に決めていた。「死ぬ時に後悔しない生き方をしよう」と。

それでも和也には今、現実的な点で課題が数多くあった。一つは実現したい夢のためにも健康でバランスの取れた生活を形作る必要があるということだ。

先月勤めていた会社を退職してから、和也の生活はやや乱れていた。お昼近くまで寝ていることも多く、体重も増え始めていた。

「これはよくないな」と和也は思った。安定した執筆や実り多い人生のためにも規則正しい健康な生活は必要不可欠な気がした。

それでまず起床時間を見直した。医師からもらった「快眠のススメ」に従えば就寝時間は一定でなくてもいいから、起床時間だけは一定になるように心懸けるのが快眠への第一歩だと書いてあった。

それで和也は毎朝七時に起きることに決め、実行している。朝は八時頃に妊娠中の姉を車で送りに行くという任務も授かったので、朝七時に何とか毎日起きられている。

ダイエットもある程度はかどっていた。体重こそほとんど変わっていなかったが、バレーや散歩を定期的にするようになって、体が少し締まった気がする。和也は一六八㎝だったので六二㎏ぐらいにしたかった（現在六四・五㎏）。

和也はロッカー気取りで不規則だったり、不健康な生活に憧れたり、導かれてしまうという愚かな性向を持っていたが、そういった悪癖ともそろそろおさらばしなければならないと思っていた。

何しろ和也はもうすぐ三十歳だったし、身近な大人の健康状態に悩まされている様子を見てきて、「健康は何よりの財産だ」と考えを改めるようになったからだ。

和也は三十歳目前になった今でも生き方がいっこうに上達しなかった。鬱と躁を繰り返していたし、嬉しい感動や苦しい感動を頻繁に味わっていた。パッと花が開くように嬉しいこともあれば、傷口に塩を塗られているように心が痛むこともあった。自分が才能に溢れた人間で何でもできるような気になることもあれば、とことん社会に不適応で深く孤立していると思うこともあった。

和也は自分が人生の道を大きく逸れてしまったと思ったり、間違ってしまったと思うこともよくあった。でも、今の道が歩むべき道だったとか、とにもかくにも一生懸命歩んできた道なんだとも思った。そして今は終わりじゃなくて「はじまり」なんだ、とも。

和也を苦しめているものの一つに自閉症スペクトラムの特性があった。自閉症スペクトラムの特性の、

①社会的関係の構築の難しさ
②興味の狭さと反復行動
③感覚の異常

などが和也を苦しめていた。

①については和也は表情や身ぶりの意味の読み取りが苦手だったり、共感性が人より劣っていたので人と親密な関係を築くのが苦手だった。どうしても他人行儀になったり、よそよそしくなりがちだった。ただ人間が嫌いというわけではなかった。むしろ人間は大好きだった。ただそれらの障害があったために中々円滑な関係や広い社会的関係を築けずにいた。

②については和也は例の行きつけのカフェに千回以上通っていたし、年がら年中文学（芸術）、哲学、宗教のことを考えていた。政治、経済、エンタメ、流行のことには全く疎かった。辛うじてスポーツのことだけには若干興味があったが、和也はいつも狭い世界の中で暮らしていた。

③はとにかく感受性が強かった。感情刺激の影響を非常に受けやすいと言い換えてもいい。皮膚感覚も繊細ですぐにかゆくなって荒れてしまった（アトピー性皮膚炎）。触覚や聴覚も過敏ぎみで、触わられることや大きな音にビクッとしてしまうこともよくあった。

和也はそんな特性がありながら、なんとかうまく生きていた。弱点や体調の波を薬や診察などを通してうまく乗り切っていた。和也は生きることに困難さやギリギリさを日常茶飯に感じていたから、その分強く、支えてくれる他者に感謝の念を持っていた。母や二人の親友、デイケアの仲間、カウンセラー、就労支援施設のスタッフ、行きつけのカフェの人々など。彼らが一人でもいなかったら今の自分はいないだろう。

そういう意味において和也は幸せだった。相変わらず自閉的で孤立した世界には住んでいたが、そんな和也を幾人もの心ある人が支えて、囲んでくれていたからだ。

どこかに行けると今でも思っていた。子供じみた馬鹿げた想念であることはわかっていたけれど、今の憂鬱も不安も苦境もいつか吹き飛ばして、突き抜けてどこかに行けると思っていた。必要なのはマイペースでコツコツやり続けることだ。愚直に今の生活を繰り返し、人間性や文学力を養っていくことだ。愚直に努力や生活を繰り返していくというのは地味で、やり甲斐に乏しく、途中でやめてしまいたくなるが、それこそが唯一の夢を叶える方法だと和也は考えていた。そして、今までの努力の成果が少しずつ現れ始めていた。

和也は曲がりなりに約十年文学を志していた。精神の調子を崩し、大学を中退せざるをえなくなって、何か新たな目標をということで、小学生の時好きだった作文即ち文学を始めた。

才能と呼べるものはおそらくほとんどなかったが、それでも繰り返し執拗にやり続ければ、大概のことは上達するもので、和也の文学も例外ではなかった。最近では、和也の書いたものを読んで、笑ってくれたり、喜んでくれたりする人も増えた。

まだまだだったが、どんなに否定的に考えても成長していることだけは確かだった。ずっと先のいつかに大輪の花を咲かせられたらなぁと、和也は漠然と夢想を繰り広げるのであった。その時には今と違って、もっと自由に生き生きと言語を戯れさせることができて、豊かなイメージを喚起できるようになっているはずだった。

十年歩んできたからって、道はまだ始まったばかりだった。もちろん和也の人生は文学だけじゃなかったし、文学のためにも仕事もプライベートも充実させたかった。それでも一番大切なのは「文学」だった。その意味において和也は「求道者」だった。

そして、どこか遠くで、あるいは天国で、今まで出逢った多くの人が和也の求道を応援してくれている気がした（父親も）。一つの道を極めるというのは卓越や驚嘆すべきものに人を導くもので、和也もいつかそういった次元に自分の身を置いてみたかった。例えば只木さんはそういう次元に片足突っ込んでいるし、アキラの画道も凄まじさを含むものだった。それらに比べると、和也の求道は今の時点ではやや見劣りするが、それでも日進月歩、着実に進歩していたし、伸びしろはまだまだ十分あった。いつかみんなですごいところに行きたかった。すごいところってのがどこなのかはわからないし、そこに何があるのかもわからないが、そこではきっといろんなしがらみや通念から解放され、純粋に書く、描《えが》く、祈るということをできるはずのような気がした。まるで無重力の中、生きている時みたいに。

「書く」ってのは簡単なようですごく難しいことだった。和也は書けば書くほどそのことを痛感した。同じ出来事や風景にしても、書き手の感性や表現力でいかようにも変化した。和也は自分の感性や想像力の乏しさ、語彙力や表現力のなさを恨めしく思った。でも、今ある能力を最大限利用したり、読書や創作を繰り返すことで能力を向上させようとしていた。

優れた作家（例えば村上春樹やヘルマン・ヘッセなど）にかかると本当に魔法にかかったように立体的で豊かなイメージが立ちあがる。まるで魔術師みたいだ。詩や物語が生命を獲得したみたいに生き生きと燃え上がっている。憧れている作家はいっぱいいたけれど、みんな手が届かない気がした。だから、和也は「佐々木和也」になろうと決めていた。ないものをあるものでカバーしようと思っていたし、自分だけのよさや眠っている個性がどこかにあるはずだと思っていた。

生きていることはそれ自体神秘的なことだった。食べること、人と触れ合うこと、音楽を聴くこと、その他すべてのことが神秘的だった。感覚を強く揺さぶるし、生の深淵を見させられる気がした。

Oさんが最後の出勤日に泣いたことがあった。涙は次から次に溢れて、全然止まらなかった。透明な滴《しずく》が滝みたいに次から次に頬をつたって流れた。

普段明るくて、弱いところを見せないOさんがいつまでも泣いていた。聖母みたいに美しかった。その場にいた僕はその場にいないような気がしたくらい神秘的な場面だった。どんな天才的な画家も描き切れないぐらい美しい神秘的な泣き顔だった。

なんで泣いたのか？　はわからない。三年以上勤めて、最後の出勤日だったというのももちろんあるだろうし、和也が閉店間際に花束を持って来店したっていうのもあるだろうし、Oさんが大好きだった元彼について、和也が「年月が経っても、Oさんのことをきっと憶えていますよ」と言ったからかもしれなかった（そう言った途端、涙がせきを切ったように溢れた）。

でも、結局理由はそのすべてかもしれないし、そうじゃないかもしれない。理由なんてないのかもしれない。全部の状況、環境、摂理がそう仕向けたのだ。その場面を導いたのだ。Sさんの最後の手紙と同じように、Oさんの泣き顔も和也の胸に深く刻まれ、時には苦しくさせ、時には拠り所となってくれる。

生きていることは謎である。深い神秘である。人間ごときにうかがい知れぬものである。自分がなぜ生まれたのか？　この世に生を享けたのか？　世界がなぜそうじゃなく、こうあるのか？　今の和也にはまるでわからなかった。わかることと言えば、自分が弱い翻弄される存在で、自分にできることというのは一日一日誠実に生きることぐらいだ、ということだ。そして、Oさんの涙もSさんの手紙もとんでもなく美しく、神秘的で、そういうものに触れるために人は生き続けるのだ、ということだ。

結局、和也という人間は今まで何をしてこられただろうか？　あるいは何もしてこなかったのかもしれない。それでも記憶に残っている人、残っている場面がある。どんなに生きる意味を否定しようとしても打ち消せない温かい想い出がある。それらの記憶はどんなに絶望的な場面でも和也を生につなぎ止め、生きることを強く促した。

世界にはどんなに否定的に見積っても、とんでもなく素晴らしいものが確かにあった。マイケル・ジャクソン、聖書、歴史、女性、思いやり、笑顔、友情、愛、レディオヘッド、英語、トルストイ、ドストエフスキー、エミリー・ディキンソン、サイモン&ガーファンクル、行きつけのカフェ、家族、ゴッホ。

どんな悪魔にそそのかされても、消えない灯火が人生にはあった。記憶という羅針盤があった。そんなことをOさんの涙は和也に思わせた。

「狂気」。和也の中には確かにそれがあった。それはいつも忘れた頃に頭をもたげてくる。若い容姿の整った女性に抱きつきたくなったり、女子供にも容赦なく、老若男女問わず殴りたくなったり、自動販売機や公共物を壊したくなったり、綺麗にディスプレイされたお店の商品をメチャクチャにしたくなったりした。そんな衝動が和也を襲う時がしばしばあった。そういう時はリスパダールというイライラ止めの頓服薬を飲んだり、ニルヴァーナやフューネラル・フォー・ア・フレンドなどの攻撃的で少々破壊的な音楽を聴いて、心をごまかした。

秩序があって、整然とした現代の街並みや社会（見かけにおいて）が和也を狂気に導いているのかもしれなかった。和也は普段は真面目で品行方正だった。我慢している分、爆発するのかもしれなかった。

理由がどうあれ、今の和也にはどうにもしようがなかった。

「大人」なんて大嫌いだった。「正しい」ことを言ってくる不潔な奴らだと和也にはどうしても思えてくるのであった。筋が通っていて、言い返したら、もっともなことをさらに言い返してくる輩《やから》が大嫌いだった。仕事をしていて、分を弁《わきま》えていて、他者と適当な距離感を保てる、まっとうな奴らが大嫌いだった。

死んでしまいたかった。こんなくだらない世界からは早くおさらばしたかった。逃げたかった。観念やルールから。

考えれば、考えるほど奴らは追ってきた。自由に生きることへの禁圧をどんどん強めてきた。和也はずっと避難所を探していた。どうせ逃げ切れないだろうけれど。そして、休息を求めていた。

もう疲れていた。喉が渇いていた。

『Smells Like Teen Spirit』

生きていることは束の間のまどろみみたいなもの
気だるいヴェールが俺を包む
みんな賢く生きていくけど、
俺はまだ「若い頃の気持ち」と上手につきあえずにいる
うまく生きられない人に共感してしまうのはあぶないことだとわかってるし、
そろそろ大人にならなきゃとも思っている
それでもだいぶ大人になったと自分でも思うよ
ものわかりはよくなったし、感情ともある程度上手につきあえるようになった
でも、ティーンスピリットまではたぶん捨てなくていいんだ
それはたぶん神様でも取り上げることはできないんだ

和也は少し疲れていた。思考の泥沼にはまり込んでいた。調子が悪い時特有の被害妄想が進んでいた。和也がいかに世界を悪く捉えようとしても、世界はある程度健全に築かれ、成り立っていた。

批判はいくらでもできるが、それでも一人一人みんな自分の持ち場で頑張っていた。和也も何かの役割を果たしたかった。「文学」はもちろん大事だが、他に何かの役割を果たしたかった。

とりあえず和也は休むことにした。へとへとに疲れきっていたからだ。前職の疲れ、人生がうまくいかないことへの疲れ、病気からくる疲れ。いろいろな疲れが和也を磨耗させていた。とにかく眠かった。一日二十時間くらい浴びるように眠った。それでもまだ眠かった。

「本当に疲れていたんだ」と和也は思った。眠っている時、泥沼の中にいるような気がした。行き場がどこにもなくて、結局行けないように仕向けられていて、「誰か、助けてくれ!」と和也は思った。心の中で叫んだ。その声は誰にも届かない気もしたし、誰かには届いているような気もした。和也は二十代初めのような苦境に再び立たされていた。あの時ももうダメかと思った。しかし、奇跡的に救われて、糸にぶら下がれたように這い上がれて、今に至る。諦めなければ、きっとやり直せる。どん底の今でも和也は信じていた。

前の前の会社を辞めてからの、この一年半は正直すごくキツかった。終わらない地獄の中を歩いているようなものだった。やることなすことすべてがうまくいかなくて、意気消沈してばかりだった。でも、この不運の間に少しは強くなれた気がする。

血だらけになるくらい家で暴れたこともあった。入院したこともあった。叫んだこともあった。それでもこうやって生命の糸をつないできている。

「俺の命は俺だけの命じゃない。両親や周りのたくさんの愛に育まれた命だ」和也はそう思っていた。だからこそ今までどんなに辛くても、一線を越えずに済んでいた。

「愛」、人間の生きる動機は結局これに尽きるのではないだろうか。和也は多くの人に愛されていた。だから、なんとかギリギリのところで障害と病魔を持ち堪えることができていた。

苦しかった。言葉で表現しきれないぐらい。死んだ方がたぶん楽だった。でも、死にたくなかった。どんなに苦しくても、生きたかった。次から次によくない考えが途方もなく浮かんでくることがあった。それは死《タナトス》の方向へ和也を導いた。でも、愛が和也を救った。

それは何より母の愛だった。母は陰ながらいつも和也を見守っていた。心配をかけたことも数え切れないぐらいあった。泣かせたこともあった。でも、母はどんなことがあっても（警察に保護されても、父親を殴っても）、和也を見捨てなかった。気づいたら、そばにはいつも母が居て、温かみを感じ続けることができた。きっとそれは先に母が亡くなったとしても変わらないだろう。母……それは偉大な存在である。時にそれは子供が成長するのを阻む存在《グレート・マザー》にもなりうるが、それでも人間が生きるため、成長するための基盤となるのはまぎれもなく母の愛である。

和也は今いる人間としての停滞状態、母への依存状態を脱皮して、一人前の男になりたかった。男らしくなんてなくてもいいし、たくましく強くなんてなくてもいいから、自分らしい独立した一つの人格「佐々木和也」になりたかった。

風はゆるやかに優しく吹いていた。暑くもなく寒くもない十月の風は和也に新たな息吹を吹きこんでいた。「また始めよう！」そう和也は思った。失敗を繰り返した結果、消極的になっている、人とつながることや働くことにもう一度チャレンジしてみようと思った。

確かに病気は大変だ。気分の変調は激しく、留まっていることを知らない。頓服薬を飲んでも抑えきれないこともある。職場に迷惑をかけるかもしれなかった。場合によっては、病状を悪化させるかもしれなかった。

それでもチャレンジしたかった。いつもカフェで生き生き働くT店長みたいに、和也も職場で自分を発揮したかったし、社会に参加したかった。

「今度はきっと大丈夫」そんな気がした。もし、ダメだったら、それはそれで仕方がないし、また出直せばいい。「なんとかなる」いつかカウンセラーが悩んでいる和也にそう言ってくれたことがあった。その言葉を胸に留めて今和也は前を見据えている。

和也は求人票から二つの会社に目を留めた。二つの会社とも雑貨販売の大手の会社で週二十時間から働けるのも和也にとっては魅力的だった。今まで週三十時間や週三十五時間でうまくいかなかった経験を和也はしているから週二十時間からというのはすごく魅力的だった。

就職することで豊かな出逢いに恵まれれば、と和也は思っていた。前の会社も前の前の会社もそれぞれ貴重な出逢いや経験に恵まれた。最初勤めた女性服の店舗では女性に不慣れな男子校出身の和也も様々な女性スタッフと仲良くなれて、今でもたまに姉の服などを買いに店に足を向けるほどの関係を築けた。メールアドレスを知っているスタッフなんかもいて良好な関係を築けた。

二番目に勤めた監査法人のオフィスの事務の仕事では短い間だったが、知的障害の人と一緒に仕事ができて、真面目で自閉的でそれぞれ独自の豊かな世界を持っている「知的障害」というものを少し理解できた気がした。

それぞれ二年と四ヵ月という短い間の勤務だったが、和也にとっては楽しく内容のある充実した日々だった。だから、体調管理がうまくできず、欠勤が増えてしまって、退職せざるをえなくなった時はすごく悔しかった。「でも、その失敗を次に活かせばいい」挫折から立ち直った今の和也はそう思っていた。

少しずつ和也は（アキラも只木さんも）社会や世界に適応していっていた。馴染んできたと言い換えてもいいかもしれない。和也は女性とも自然に接することができるようになってきたし、自意識過剰やプライドが高すぎることも治まってきていた。

和也は三十代を目前にして、ようやく人間らしくなってきた。超然とした佇まいから朗らかな何気ない小さな存在になってきた。自分の非力さや有限性を知り、分を弁え、行動できるようになっていた。同じ弱さを持つ人間という種族に共感や同情を傾けられるようになった。また、自分という人間の個性を把握したり、アイデンティティを獲得しつつあった。

目の前には大海があった。それは決して派手ではなく、日常という何気ない舞台だったが、数え切れない小さな出逢いと触れ合い、未知との遭遇が待っている気がした。「人生はこれからだ」そんな気がした。陽光は斜めから射し込み、花瓶に生けた花を暖めていた。季節はすっかり秋になり、肌寒くなってきた。それでも和也の心はウキウキしていた。新たな季節が近づいている気配がするからだ。「焦らず一歩一歩進んでいこう」。逸る気持ちを抑えて、そう和也は自分に言い聞かせていた。

その後、就職活動は順調に進んでいたが（面接での少々のアピール不足などはあったが）、和也には新たな問題が持ち上がっていた。それは、行きつけのカフェのT店長とケンカしてしまったのだ。理由は単純で和也がT店長の厚意に甘え過ぎて、結果迷惑をかけることになってしまったのだ。なおかつ和也は迷惑をかけた分際で、あろうことかT店長に文句まで言う始末。二年半の間に少しずつ築かれてきた信頼関係にひびが入ってしまった。

具体的に言うと、和也はカフェのお客さんがまばらで店員さんに余裕がありそうな時、原稿用紙二、三枚の文章を読んでもらって、感想をもらっていた。それが続き、調子に乗った和也は読んでもらうのが当たり前のような感じになり、忙しくて読んでもらえなかったり、帰り際に手紙なんぞを渡しても大してありがたがられないと（ありがたがられないのは、何度も送っているから、ある意味当然なのだが）不満や苛立ちを抱くようになった。

この和也という男は元来プライドが高く、感じやすい人間で、そのくせ自分という人間に自信を持てていないから、少しでも自分が軽く扱われたり、ぞんざいに扱われたように感じるとひどく立腹するのであった。相手に悪意はないと薄々わかっていても、どうしても信じきれずにいるのだった。

簡単に言ってしまえばT店長のことは大好きだった。この恋情が事態をやや複雑にしていた。フラれた男（実際にフラれたわけではなくT店長に最初から彼氏がいたのだが）、モテない男特有の女々しさが和也にはあった。Tさんが好きであるということと行きつけのカフェの店長がTさんということがごっちゃになっていった。そのもつれた関係を清算したかった。人間だから、急に恋情をゼロにすることはできないにしても、やはり今のような不潔な関係は卒業したかった。要するに和也は結局T店長に何かを期待しているのだ。「それはすごく汚く恥ずべきことだ」ともう一人の和也が言っているにも関わらず。救いになるのはT店長は和也よりはるかに人格者でそんなことは一ミリも思っていないということだ。

和也は精進しようと思った。T店長に認めてもらえるよう、新しく始める仕事も文学もマイペースでしっかり歩んでいこうと思った。今、和也は情けなく弱い男だ。でも、いつか期待に応えたい。T店長やSさんやOさんに遠くから「かっこいい」と言われたい。そう強く和也は思っていた。聖書にもあるように最後は、後の者が先になるのだ。

T店長への恋情は脇に置き、今までの行状への償いをし、和也は自分の道を邁進しようと思ったのであった。

和也は悩んでいた。面接を受けた企業はおそらく不採用で、他にコネのあった企業ともどうやら話はまとまらなさそうだったからだ。また、行きつけのカフェのT店長ともなんとなく関係は疎遠になっていて、和也はやや四面楚歌の状態だった。T店長とは意地の張り合いというかボタンの掛け違いというか、ちょっとしたことで関係がもつれてしまった。もしかしたら和也の気にしすぎかもしれないが、和也はT店長が自分を軽蔑したり、なんとなく避けているような気がして、そのことが深く心を痛めつけるのであった。T店長は人を馬鹿にしたり、軽蔑するような人間ではないと信じていたけれど、信じきれずにいる和也もいるのであった。

そんな和也にもただ一ついいニュースがあった。これまで二冊の自費出版を担当してくれた出版社の編集の岡山さんが和也の作品を読んで近いうち連絡をくれるということであった。岡山さんは五十代の声がやさしい紳士で文学や芸術一般には造詣が深い。厳しいことは言わないがお世辞も言わず、してくれるアドバイスは和也の創作の上で今まで随分参考になった。

和也は十月の初めに岡山さんに原稿を送って以来、返信がないのでどうしたものかと思っていたのだが、どうやら岡山さんにはたくさんの仕事が山積していたらしく連絡を取れずにいたということだった。和也は感想が楽しみだった。もし会えるなら、是非会って感想を聞きたかった。

岡山さんが勤める迎文社という出版社は和也にとっては随分親身な会社に感じられた。二度出版したとはいえ（その時も何度も直接会って親切なアドバイスをくれた）、まだ出版を決めてない今から、半年に一度くらい面会してくれて、作品の進捗具合をチェックしてくれたり、アイデアやアドバイスをたくさんくれた。

　和也は次回作に懸けている部分があるから、迎文社や岡山さんの惜しみない協力は大変有難かった。

　和也は仕事や交友関係で統合失調症や発達障害のために思うように自分を発揮できない鬱積した想いを文学で放出したいという願望があった。

　まだまだの和也の文学ではあったが、ないよりもある方がよいものになりつつあるのではないかと個人的に感じ始めていた。少なくとも和也はまだ死にたくなかったし、生きているということは生き抜くためには書き続ける必要があった。自分の身近な人や社会にちっぽけだけれど存在している価値のある自分を少しでも示したかった。


　和也は時折自分がとてつもなく虚しく、寂しい人間に感じられるのだった。二十九歳という年頃なのに彼女すらおらず、仕事もできず、カフェに通う日々。そこで本を読む時もあるが、ほとんど音楽を聴きながら物思いに耽るだけのほうが多かった。病気になってから、あるいは自分の障害がわかるようになってからは何一ついいことなんてなかった気すらすることもあった。実際には嬉しいこともたくさんあったのだろうが、調子が悪い時は不幸なことばかり思い出されてしまうのだった。

　統合失調症も発達障害（自閉症スペクトラム）もどっちともヘビー級の障害と病気だった。「なんて自分は不幸なんだろう」と和也は何度も思った。一つでも大変なのに、二つも抱え込むなんて。周りにはわかりづらい障害なのも和也を余計に苦しめた。

障害が認知もされず、病気にもなってなかった頃は学生生活もなんとかこなせて、彼女もいたのに。精神の調子を崩してからは幸せなことがなかったわけではないが、難しい人生になってしまった。誰にもぶつけようのない怒りや悲しみを和也は内側にたくさん抱え込んでいた。他の発達障害や統合失調症の当事者も似たようなことを思っているのではないだろうか。それでもとにもかくにも和也は生き抜かなきゃならなかった。何もできずに自分を示せずに死ぬのは嫌だった。どんなに生きるのが苦しく、惨めで情けなくても、自分を表現や発露したかった。だから、書いていた。下手で面白みもなく情けないものだとしても。

人間は誰しもが弱さや情けなさを持っているものだし、自己憐憫に陥ることだって頻繁にある。人生のそれぞれのゴールは全く別物だし、比べるべきものでもない。不幸に見える和也もきっとずっと後には自分自身を見つけ、今いるルートが間違いではなかったと立証することになるだろう。それまでは長い苦労の日々だ。一歩一歩着実に歩もう。諦めない先にはきっと素晴らしい場所が待っているだろうから。

和也にはゴールで逢いたい人がいた。たくさんの人が和也をゴールで待っていた。今はまだゴールは全然見えなかった。でも、絶対にそこで逢いたかった。自分の存在や存在意義を確認したかった。逢いたい人がいた。とにかく逢いたい人がいた……。

死ぬのはある意味で簡単なことだった。友達の一人みたいに高層マンションから飛び降りればいいのだ。あるいは特急列車に躊躇なく飛び込めばいいのだ。あるいは大きな川に橋からダイブすればいいのだ。死に方なんていくらでもあった。首を吊るのだっていいだろうし。

「でも、俺はそれでいいのか?」和也はよく自分に自問自答した。暴れたくなったり、罪を犯したくなった時も、「お前は本当にそれでいいのか?」と自問自答した。どんなに病気が辛くても和也は一線を越えなかった。それは和也が強かったからだ。

生きていた。これでも懸命に自分の道をひたむきに一歩一歩歩んでいた。いろんな障害や妨害に関わらず勇敢に一歩一歩歩んでいた。狂いそうになりながら。吐きそうになりながら。前を見据え歩んでいた。彼の周りにはうっすら威厳すら漂っていた。多くの苦しみを経た人だけがまとえる威厳を。

できることだけやっていけばいいのだ。無理せずできることをやっていこう。できないことをしようとするから苦しくなるのだ。今できることを今できるだけやろう。

和也は今でも自分らしく生きることを諦めていなかった。自己実現を諦めていなかった。他人から見て、評価や承認されないような生き方でも、自分で自分の人生に「YES!」と言える人生を送ろうと思っていた。

一度にたくさんは書けなくても、一行一行丹精込めて、感情込めてしっかり書こうと思った。下手だけれど、下手なりに気持ちを込めて書こうと思った。できることをできるだけやろう。そう、和也は胸に刻んだ。

生きることは困難だった。様々な障害や災難が待ち受けていた。和也はその中でも自分で選んだわけでもなかったが、結果的に案外自分らしい道を歩めていた。損な、あるいは不幸な境涯にいるように自分のことが思えて自分のことを惨めで情けなくてしょうがないと思う時もあるが、気楽な自分の境涯を幸せに思う時もあった。文学というこんな気楽な道楽も自由な時間があればこそである。遠い夢であるが、作家としてプロでデビューするという夢も和也の生きる原動力になっていた。

おそらく人生というのはある意味フェアなのだろう。与えられていない人はきっと違ったものが与えられるのだ。だから、自分の置かれた境涯にごちゃごちゃ言うことは人間に授けられた権利ではないのだ。

書き続けよう。自分の内側にあるものがゼロになるまで。「どんなことがあっても、やっぱり人生は素晴らしいのだ。そう信じている人にとっては」と最後に言えるように。

とはいえ、人生は苦しかった。どんな教訓も慰めも無意味に感じられるほど過酷だった。それは人と比べてしまうからだ。嫉妬、コンプレックス、羞恥、様々な感情が頭の中で浮かんできては生きることを邪魔した。感じやすい和也は四六時中その手の感情に悩まされていた。他との比較ばかり意識してしまって、自分の生き方を確立できずにいた。

でも、そういう時はペンを握り、少しでも筆を前に動かすのだ。動かした先には希望があると思って。人生半ばでいろんな希望や夢を絶たれた形になった和也にはもう文学しかなかった。

もちろん今だって不幸なわけじゃない。家族やたくさんの仲間と夢がある人生にそれなりに幸福感も感じている。

しかし、街を歩くカップルや家族連れを見ると無性に悲しくなって、惨めな気持ちになるのだ。選ばなかった、選べなかった人生の選択肢が目の前にちらついて悲しくなるのだ。でも、世の中は幸福な人だけで構成されているわけじゃない。和也のような陰《いん》の側にいる人間も世界を構成し、社会を支えているのだ。

和也は暗いものが持つ意味を他の人達より強く認識しているかもしれなかった。和也が本当に辛い時、助けてくれる、救ってくれるのは暗い音楽、暗い文学、何気ない切実な励ましなどだからだ。時間はゆっくりと刻一刻と流れる。悲しみと喜びとともに。挨拶しても返事は返ってこない。でも、逆にそれが心地良かった。

今日もまた道を歩もう。暗夜行路を一人侘しく家に帰ろう。家ではきっと温かな食事が待っているのだから。

和也が焦っても時間はいつものようにゆっくり流れていた。夜空には雪が降るように星がちらついていた。

就職活動の結果はまだ返ってこなかったし、体重は相変わらずやや増加傾向でやや焦りがちな和也だったが、仕事やノルマに追いたてられないこういう平和な日常も幸せだった。

昼間近くまで寝て、朝昼兼用の食事をして、母親とカフェに行って、散歩したりして、夜はいつもの行きつけのカフェに行く。友達と会ってお茶したり、美術館に行ったり、バレーボールしたりする時もあったが、大体こんな日常だった。あとは就労支援施設に行って授業を受けるぐらいだ。

人からほめられるような建設的な生活はできてないけれど、平和なほのぼのした地に足のついた生活をできていると思っていた。そして、気の向いた時にこの小説を執筆したり、ブログを書いている。もう少し落ち着いて、パワーが回復したら、家事も少し手伝おうと思っていた。

和也には今気になっていることが一つあった。行きつけのカフェで二年以上勤めていたKさんがもうすぐ（あと三ヵ月ぐらいで）大学卒業によりアルバイトも辞めるのだ。

顔が丸くて、オカッパで、動きが素早くて、愛嬌があって、笑うと顔がクシャとなるKさんはいるのが当たり前のタイプの女の子だったから、いなくなると寂しくなるというか、痛くなる。随分よくしてもらった。いつも話につきあってもらったし、和也が調子の悪い時など何気なく気にかけてくれた。

今後保母さんになるというが、愛に溢れた、情が豊かなKさんなら立派に勤め上げると思う。残りの三ヵ月という歳月しっかり味わっていきたい。

季節が流れるのはあっという間だ。十代で店（マハロ）に入ってきたOさんやSさんやKさんも大学卒業とともにみんな社会に羽ばたいていったし、羽ばたいてゆく。そして、いずれ結婚したり、子供を産むのだろう。でも、和也は変わらなかった。みんなが変わっていく中で和也は変わらずに

「佐々木和也」のままでいた。そのことを気恥ずかしくも思うが、誇らしくも思う和也であった。

和也は段々自分の役目や立ち位置というものを認識しつつあった。自惚れかもしれないが、和也は一種の守り神なのだ。カウンセラーに昔言われたが、「あなたは横町のそばにあるお地蔵様なんだよ」「その場所のバランスを取るためや浄化するためにいるんだよ」その話を初めて聞いた時、損な役回りだなと思ったが、今では生まれつきの役回りは自分じゃ選べないということを悟りつつあるから、受け入れているし、そのような役目を果たしている自分に誇りや「ご苦労様」と思っている。「マハロ」にとっても和也はいつもそこにある置き物であり、守り神なのだ（自惚れかもしれないが）。

社会の中でもたぶん和也が「いる」「ある」意味があるのだ。仕事や生産活動をしていないようでも関わっている人を温めたり、誰かにとって和也がいることが元気の源になっているのだ。

そして、和也のように多数派《マジョリティ》や進歩論者に懐疑的だったり、否定的な人間も行きすぎた進歩や機械化にブレーキをかける役目を担っているのだ。

他のすべての人と同じように和也にも存在している意味や価値があるのだ。それは数値や理論や理屈で計れるようなものじゃなくて、人間とはそもそもそういうものだ。必要じゃない人なんていないのだ。互いに関与しあい存在を成立させあっている生き物なのだ。

だから、和也はこれからも「佐々木和也」をやっていこうと思った。気楽に、誠実に、前を向いて。

その後、就職活動はほぼ失敗が決定的になったが、いくつかの嬉しい出来事や知らせ《ニュース》があったので、なおかつ健康状態も比較的良好な状態が続いたので、和也は安定した幸せな日々を送れていた。嬉しい出来事や知らせ《ニュース》というのはT店長と仲直りしたというのと、Kさんが就職先を見つけたというのと、アキラから久しぶりに連絡があり、明日会うということだった。

T店長との仲直りというのはこういうことだ。

和也の持ち前のわがままさが発端となった喧嘩の冷戦状態が雪解けしたのだ。喧嘩というものは目に見える形でのいわゆる熱戦を経た後《のち》、しばらく潜伏的な冷戦状態に及ぶのが常だ。が、今回の場合も例に漏れずそうなっていた。悪く言うのははばかられるが、T店長というのは処世に優れた人間（世に染まっているというよりは世の中をある程度上手に渡っていけるという意味において）特有の本音を言わない（言っているのかもしれない）、あるいはネガティブな感情を表に出さないことに長けた人間だったので、余計今回の喧嘩は穏便な形を取りながら、互いに牽制しあうという複雑な様相を呈することになっていた。

和也が来店のたびに自分の行状について繰り返し詫びても、T店長は「大丈夫ですよ」「気にしてないですよ」などと言葉では言いながら、表情や雰囲気や語気は違うことを語っているのである。女とは恐ろしい生き物である。万国共通、どこの男も人生で繰り返し痛感させられるであろうことを今回、和也も体験したのである。とはいえ、T店長は結局はそんじょそこらの女とは違い、人格的に大きく、寛容で、純真な部分を多分に保てている人なので、しばらくの時を経た後、気持ち良く許してくれたのである。このような次第だった。

「Tさんへ失礼なこと言っちゃったし、傲慢だったり、傍若無人な振る舞いで嫌な思いをさせちゃったので、反省して、今、禅の本読んでいるんですよ」

と和也は唐突に言った。

「急にどうしたんですか?」

穏やかな表情でT店長。

「あれからずっと反省しているんですよ。『もう許してくれないかも』と思って」

「許すも何も、私はそんな立場じゃないですよ。私は普通に佐々木さんがあれからも来てくれているんですごく安心しているんです。もう来なくなっちゃうかもと思って、心配していたんですよ」

それからしばらく只木さんもいる前だというのに和也とT店長は楽しげに二人で会話を繰り広げていた。そして、先ほどから只木さんが置き去りにされていることに気配りできない和也と違い、気づいていたT店長は、

「すみませんねぇ。二人で話しちゃって。痴話喧嘩みたいなものですよ」

と只木さんに言った。和也にはこの「痴話喧嘩」という単語が思いのほか嬉しかった。この単語によって、この一連の喧嘩がご破算になったことが決定的になったからである。その後、今のとこ

ろではあるが、T店長とは仲良くやれている。

今度はKさんのことだが、Kさんは入るのがかなり難しい第一志望の幼稚園に無事採用されたのだ。同じ大学（幼児教育における名門）から六人受けたらしいのだが、採用されたのは唯一人Kさんだけということだった。これらのことを勢《せ》き込んで嬉しそうに報告してくれるKさんは今まで見たKさんの中で一番幸せそうで、ある種の神々しいオーラまで漂っていた。あやかりたくなるぐらい幸せそうなKさんはきっと子供にとってよき母や教師や導き手になるんだろうなと和也は思った。

時は意識せぬ間にどんどん流れてゆく。「待って」と言っても止まってはくれない。この前入ったばかりだと思っていたKさんも随分と立派になってもうすぐ飛び立ってゆく。「マハロ」は基本的にアルバイトは大学生が多いのだが、女子大学生が女の子から女性に成長変化《へんげ》していく美しい過程を見守っていられるというのは「マハロ」の常連客の一つの特権と言えるであろう。大学生という社会から猶予期間《モラトリアム》を与えられた最も自由な日々を「マハロ」で過ごしたことはきっと何らかの形で彼女達の人生にとって財産となるであろうし（実際、Sさんは手紙にそう書いていた）、そうあってもらいたい。とにもかくにもKさんが就職先を見つけたのが和也にとっても思いのほか嬉しかったのだ。

次はアキラだ。久しぶりに会ったアキラは相変わらずローテンションだったが、アキラがアキラのままでいることに和也は随分と安心したし、嬉しかった。なぜなら和也はありのままのアキラ、無理してないアキラ、アキラらしいアキラが好きだったからだ。アキラは相変わらず、謙虚で、適度に憂鬱で、目標に向かって実直に事《こと》を進めていた。事《こと》というのは、それは創作だったり、労働のことだ。アキラは体力に恵まれた人間だったので、地道に労働（草刈り、引っ越しの手伝い、掃除など）することができたし、長時間集中して創作活動を行えた。「努力を継続して行えるアキラの未来は明るい」と和也は思っていたのだが、本人はそう思えないらしかった。とはいえそういうネガティブなアキラの言動にも慣れきっている和也はアキラが豊かな人生を歩んでいくことをほとんど確信していた。

アキラは画家を志しているが、美大などの正規の美術教育を受けていない。本人はそのことにコンプレックスを持っているようだが、逆にそれはアキラの強みでもあった。囚われていないからだ。そして、アキラは正規の教育を受けていない分だけ、独学で様々な分野の勉強をしていた。美術、映画、音楽、文学、政治、芸能など（ゴシップなどが載った週刊誌を立ち読みするのがアキラの習慣の一つだった）。

アキラの絵は独特だった。鮮やかな色というよりはくすんだジメッとした色を好んだ。みんなが「美しい」とその場で思うものより、みんなが素通りしてしまいそうな日陰の存在に焦点を当て、美しさを浮かび上がらせていた。描写のうまさで勝負するというより（描写も素人からすると十分うまいのだが）、発想の面白さで勝負するタイプの絵だった。本人は自分の画家としての力量や可能性に否定的だったが、和也はアキラの現時点での力量や将来性も十分認めていた。和也が認めたからなんだということはもちろんないのだが、アキラは自分自身というものに対して、否定的または懐疑的な傾向があるのは確かだろう（いくぶん改善しつつあるが）。でも、それはアキラをアキラたらしめている性向であり、長所ともいえる資質であった。簡単に言ってしまえば謙虚なのだ。あんまりネガティブなことばかり隣で言われたり、ためいきを中心とした挙動を繰り返されると嫌になる時もあるはずなのだが、なぜか和也はアキラに限ってはそれもそれほど気にならず許せるのだった。結局、それが「相性」というものなのだろう。

アキラとは初めて接触した時から、「相性」が良かった気がする、直感として。そして、五年半の間にいろいろあったが、関係性は壊れるというより、より育まれてきた。蜜月の時もあれば微妙な時もあったが、年月を経るごとに関係性は厚みを増し、深くなった。お互い年を五つ取ったわけだけれど、それは退化というより前進、進歩だった。お互い随分自分の人生に対して余裕を持ててきたと思う。お互い今のところ安定的な身分は持てていないが（和也は無職、アキラは日雇い）、自分というものや自分のしていることにある程度自信や覚悟を持ててきたのかもしれない。その結果前よりはどっしりとしてきたのかもしれない。

簡単に言って、和也もアキラも人生の階段を順調に上っていた。正規のルート（例えば、大学卒業後、就職、結婚など）からは大きく逸れ、持ってきたものもその多くを放り出してしまったが、身軽な恰好で自分独自の道を歩めるのは格別な気がした。そして、この道の先にはもっと面白いものと出逢える予感がするのであった。

和也は慣れきったことではあるが、再び統合失調症の難しい時期に突入していた。「またた」と和也は悪い時期の前兆が来ると思うのであった。

この統合失調症という病気は厄介で、なおかつ多くが謎に包まれていた。脳内の神経伝達物質（ドーパミンやセロトニンなど）が過剰に作用したり、異常をきたすことで起こるということを病院では教えてもらった。

和也は薬も忘れずに飲み続けていたし、睡眠時間も充分取っていたけれど、症状が改善されているのかどうかはいまいちわからなかった。統合失調症も躁鬱病のように波がある病気で、陽性症状（過敏、躁状態など）と陰性症状（エネルギー低下、鬱状態）を繰り返す病気だった。

和也は辛かったが、病気の辛さにはもう半ば諦めていた。なってしまったのはしょうがないし、サポートしてくれる人もいっぱいいたからだ。人生の道なんて自分で選べないことも多いし、大切なことは与えられた道をどれだけ誠実に歩めるか、だと和也は思っていた。自分の人生の調子の良い時だけ神様に感謝して不遇の時は与えられた運命を受け入れないというのは虫が良すぎる気がした。

和也は悪戦苦闘、試行錯誤の結果、与えられた人生の意味やそれを受け入れることを学びつつあった。そして、この苦難に満ちた人生を闘い抜く術も習得しつつあった。

それは簡単に言えば、「あるがままの自分を受け入れ、無理せず、頑張りすぎず、自分の気持ちや体の反応に正直に生きる」ということだ。

症状はあまり改善していなかったかもしれないが（本当のところ和也自身にもわからない）、症状への対処の仕方はこの約十年で随分うまくなったと思う。頓服薬の使い方もうまくなったし、入院する回数や期間も減った。

そして、病気とはまた違った次元の話になるが、生き方がうまくなったし、自分をほめてあげたり、認めてあげられるようになった。

和也は二十代という難しい期間を経て、自分にも周りにも優しい人間に少しずつなっていた。

苦しいのは和也だけじゃなかった。只木さんもたまにすごく辛そうな時があった。うつむいてばかりで、話しかけても反応は虚《うつ》ろで、手がいつもより激しく震えていた。弱音をあまり吐かない只木さんだったが、和也から見ても随分辛そうに見える時があった。アキラも時たま憂鬱の泥沼にはまり込んでいるように見える時があった。その時は誰の言葉もシャットアウトして、自分の殻の中に閉じ籠もっているようであった。見ていて、こちらが辛くなるほどであった。T店長も普段明るくて、前向きだが、疲れているんだなとか我慢しているんだなとか大変なんだなと思わせる言動に出合うことがよくではないが、あった。それはカウンセラーだってそうだし、就労支援施設のスタッフだってそうだし、今まで和也が働いた企業の上司や同僚だってそうだった。

生きていることはたぶん修行なのだ。和也はこの世界で人間やあらゆるものが何をやっているのか知りたかった。なぜ貧富の差が生まれるのか？　なぜ戦争が起こり続けるのか？　芸術はなぜあるのか？　生命は結局何をしているのか？　答えの出ない疑問に誰かの意見の借用じゃない自分なりの答えを出したかった。死ぬまでに。

だから、和也は理由もなく頑張っていた。どこに行きたいのか、どこがゴールなのかもわからないが、体が勝手に動いた。自分なりのゴールに到着できるように、マイペースで時には一休《ひとやす》みしながらではあるが、一歩一歩着実に進んでいた。

和也は結局、教師の息子だからというわけではなかろうが、「勉強」が大好きだった。本屋に行くとよだれが出るくらいに。自分なりの解答にいつか出合いたかったし、その答えを文章で自分なりに表明したかった。問いはどこまでも続いて、終わり（答え）はなさそうに見えた。でも、そのことが逆説的に和也の好奇心を益々刺激するのであった。

「和也」。この男は随分と謎である。お金や得に結びつかないようなことばかりに執着し、頑張っている。しかし、この奇妙な男の周りにいる人々もまた奇妙である。只木さんもアキラもマハロの面々もカウンセラーも就労支援施設のスタッフもデイケアの仲間も。それは関係性が利害関係を超えているからである。すべての関係性がある程度利害関係を超えているものかもしれないが、和也の周りはなおさらだった。

只木さんとアキラとは親友だから、当然喧嘩もしたことがあるし、自分達の秘密もある程度打ち明けあっている。でも、信頼関係は堅固なままだし、相手のことをいつも恋人のように思いやっている。

マハロの面々とも和也のわがままさを発端として随分喧嘩した。OさんともSさんともT店長とも。すべての喧嘩に共通して言えるのは和也が悪いということ（「構ってほしがりすぎた」「自分の意見の押しつけ」など）だ。それにも関わらず、和也の泣きながら謝るという醜態の成果もあってか、最後には快く許してくれて、より豊かな関係を築けた。

カウンセラーとの関係もただのセラピストとクライアントの関係以上の信頼関係ができあがっていた。ここでしか学べない教えをいつも授けてもらっていると思うし、辛い時にいつもカウンセラーに授けられた優しい言葉で寒い夜をしのいでいる。何よりカウンセラーという一つの大きな人格に出逢えてよかったと心から思っていた。和也はたぶんこの先カウンセラーと離れても、授けてくれた言葉を胸に留めて、生き続けるんだろうなと思っていた。

就労支援施設のスタッフも和也の逸脱した言動も大目に見てくれて、勤務地まで頻繁に足を運んでくれたり、本当に有難かった。和也の就職に関することだけじゃなく、文学（文章創作）に関しても応援してくれたり、温かい目で見守ってくれて本当に有難い。NPOだから、きっと収入などの点で恵まれた雇用環境じゃない部分もあるだろうが、勤勉実直なすごく立派な人達だと思う。

最後はデイケアの仲間なのだが、彼らに常識は通用しない。みんな思い思いの生き方でなんとか自分らしく生きている。タバコをたくさん吸ったり、パチンコをやったり、食べ物を過剰に摂取したりしながら、楽しそうにダラダラ、たまに仕事をしながら生きている。デイケアの仲間にもいろいろいるが、みんな大変そうだけれど、楽しそうで幸せそうだ。

和也の周りには利害損得を超えたところで考えたり、行動できるヒューマンな人が集まっていた。だから、和也は家族も含めたこのヒューマンなネットワークに守られていたので、自分のエキセントリックな個性を今でも殺さずに守ってこられたのである。常識とは違ったもっと大きな視野から温かく見守ってくれている存在がいたから和也は今まで自分らしく生きてこられたのである。

辛い時でも只木さんとは気楽に会えた。そして、温もりを確認しあえた。和也はややもすると自分のやっていることや自分が生きていることの意味まで疑いがちだった。そんな時に只木さんに書きかけの原稿を読んでもらって、「いいですよ」「進んでいますよ」などと言われると背負っている重荷が少し軽くなった気がして、楽になれるのだ。そして、和也の人生全体に対しても、「これから先にいいことが待っていますよ」「未来は明るいと思います」などの嬉しい元気づけられる言葉をお世辞じゃなく、言ってくれる本当に有難い、大きな存在だった。

只木さんがいるから今までやってこられたと言っても過言じゃなかった。只木さんは和也から見て、何も持ってないのに満足している、すべて持っている人に見える時があったし、他者を心から真っすぐに応援できる稀有な人格者だった。

和也の統合失調症の調子は小康状態だった。ある程度精神の状態が安定してきた和也は、今度は創作のことで悩んでいた。只木さんに「佐々木さんの創造性はまだ開花していない（全開じゃない）」と言われたからだ。そして、去年自費出版した『描きかけの夢』という詩集も売上はそこそこながら、みんなの評判はいまいちだったという印象を和也は受けたからである。和也は自分の文学的才能を疑うことがよくあった。疑った結果、自分が途方もない努力を見込みのないものに傾注させているのでは……と思うのであった。だが、しかし、傷つく致命的な発言をした只木さんも和也の潜在能力《ポテンシャル》は認めていて、「今みたいに努力を続けていけば、いずれ花開くと思いますよ」とも言ってくれていた。只木さんの言うように和也には書いてこなかった未開の領域、なおかつそこは書き手に多くの富をもたらす、潜在的な場所や表現が数多くある気がした。そしてまた、和也は創作においてギアを全開まで上げていない節があった。このように和也には創作の上で課題が数多くあったが、和也に現実的にできる対策としては書き続ける上で実験と偶然に身を委ねるということぐらいだった。

和也は子供の頃のような囚われない創造性を早く取り戻したかった。小学校の頃運動会にまつわる作文をみんなの前で発表し、爆笑を誘ったような臨場感とユーモアと突飛さを文章内に取り戻したかった。でも、それは簡単なようで難しいことだった。勉強や社会経験を積んだことで頭が堅くなってしまった部位があるからだ。和也はそういった部分をマッサージやストレッチをするように丹念にほぐしていこうと思っていた。それにはきっと日常や世の中の矛盾を楽しむことが重要な気がした。人間が何らかに囚われがちであることをおかしむような冷静さと知性が大事な気がした。でも、結局、和也はそれらすべてを最後にはクリアできると思っていた。和也は今後それだけの努力をするであろうし、和也自身も自分のポテンシャルに少し自信を持っていたからだ。だから、「焦らずじっくりやろう」と思う和也なのであった。

和也は、久しぶり（半年ぶりぐらい）に読んだ前作『描きかけの夢』の出来の悪さに閉口していた。発売直後、多くの友達に贈呈し、好意的な反応も随分得られたのだが、中にはボロクソ言う人もいて、和也の性格上、五つの褒め言葉よりも一つの否定の言葉の方が気になってしまうのであった。そして、和也の性格上褒め言葉も気を使って、お世辞を言っているのではないか、と疑ってしまうのだった。

それでも考え方によっては前作に対して否定的な印象を抱くというのは、今自分が、書いた当時と違う場所にいて、文学的にもより高い位置から過去の作品を見下ろしているとも言えるのではないか、と思う和也なのであった。

出版後も地道にコツコツと文学修行を続け、今書きかけのこの小説なども今までより遥かに大きな好意的反応も得られている。目指しているところからすると今の位置は見えもしないような遥か遠くだが、一歩一歩目的地への距離を縮めているのは疑いようのない確かなことだった。

要するに、和也は「やっている」のだ。懲りずに、休まずに。できなさそうに見えていたこともしつこく努力することでやり遂げてきた和也だから、壮大な夢に対しても、疑いながらも、歩む足は止めなかった。だから、今があり、今の場所《ポジション》まで来られたのだ。

今の場所《ポジション》というのはある種吹き溜まりだ。この小説も先が見えないし、実生活でも就職活動も停滞中だからだ。それでも、文学に関しても実生活に関しても、段階を上れて、少し余裕を持てている。

カウンセラーにこの前「もっと怠けられるといいね」と言われた。確かに和也はいつも焦っていて、前向き過ぎるところがあった。だから、吹き溜まりのような今の状態を逆手に取って、この十二月をゆっくりまったりエンジョイしようと思ってみる和也なのであった。


昨日はゆっくりまったり過ごそうと思いたったものの、根が勤勉な和也にはどうしてもそれができなさそうなのであった。人生に緩急をつけることが重要なことは和也も頭では了解していたが、頭で理解するのと実践するのとでは誠に勝手が違うのである。そして、結局和也は昨日決意したばかりにも関わらず、積極的かつ有意義と思われる活動に自分の頭と身体を従事させてしまうのであった。その活動というのは詩、手紙、ブログを書く、運動（歩く）をするなどであった。今掲げている目標（プロの作家になる、五kg痩せる）に向けて、どうしても頑張ってしまっている和也だった。

和也は昔から目標に一途だった。一途過ぎると言ってもいいかもしれない。中学の頃の卓球、大学受験、仕事、文学。そのどれに対しても凄まじい気合いで、懸命に打ち込み、結果を出してきた。でも、和也は今になって、懸命に打ち込むことによって大切なことを忘れてしまっていたと思うのであった。

人生にとって目標は大切だ。そして、それに向けて懸命に打ち込む生き方も素晴らしいと思う。ただしそれは他者を尊重しているという前提があっての上だ。自分の目標を実現するために他者を尊重せず、蹴落とすような生き方をしているのなら、実現された目標にはあまり意味や価値は伴わないのではなかろうか。和也は目標に固執するあまり、他者との触れあいや日々を楽しむことを忘れてしまっていたのである。

中学の卓球部ではあまり練習に来ない部員に向かって、「やる気ないなら、やめろ」と部活に対する取り組み方は人それぞれなのに言ってしまっていたし、大学受験でも鬼のような気合いで他者を寄せつけなかった。洋服屋の仕事でも和也が担当していたバックヤード業務を共有する先輩の精度や能率が和也よりずっと低いとイラだっていたし、半ば軽蔑していた。文学も今はそうでもないが、費やせる時間のほとんどを読書に充てていたこともある。

でも、和也は最近一つの目標に向かって打ち込む生き方の限界を感じ始めていた。人生の本来の目的は目標を達成することなのだろうか？　他者と幸せを分かち合うことなのではないだろうか？　他者を幸せにすることなのではないだろうか？　だから、和也は文学で優れた作品を生み出して、読者や仲間を笑顔にし気持ち良く前を向かせる作品を創ろうと決意を新たにするのであった。

もう目標だけに囚われる生き方は卒業し、神様が授けてくれた生の様々な側面を満喫しようと思う和也なのであった。遊ぶことも仕事をすることも音楽を聴くことも食べることも勉強することも喜び、悲しみ、楽しみ、苦しみも含めて、人生一度きりなのだから、しっかり味わおうと思いを新たにするのだった。

和也のような定職に就けずにいる風来坊でも案外幸せを感じる瞬間はあるもので、人生や日常全体に対してもそこそこ満足していた。アキラや只木さんを中心としたデイケア関係の友達、就労支援施設のスタッフ、バレーボール仲間、カウンセラー、「マハロ」の面々など。仲間や話せる相手がいっぱいいいたから和也は今の生活にもそこそこ満足していた。

もちろん年明け以降はそろそろ就職したかったし、多くなくていいから、新たな関係性や居場所も欲しかった。でも、それでも今はこれでいいと思っていた。今年の十二月に限っては現状に満足してゆっくりしようと思うのであった。


ゆっくりしようと思ったそばから、ゆっくりさせてくれないのが人生である。和也はまたも猛烈な憂鬱の渦に巻きこまれてしまったのである。一つは先程から書いている『描きかけの夢』の出来の悪さについてで、もう一つはまたもT店長と一悶着あったのである。

まず初めにT店長とのことから書こうと思うが、読者もいい加減T店長との出来事の多さに辟易しているのだが、和也にとってそれだけ重要な人物なのだから致し方ない。我慢してつきあっていただきたい。

T店長は小柄だけれど、芯が強く、自分のヴィジョンとスタイルをしっかり持った人物である。和也のようなその日暮らしで、フラフラして、世を恨んだところのある人間とは、人格の作りが何から何まで違うのである。だから、和也が日々繰り出す末っ子根性丸出しの甘えに対しても、普通の店員や大人以上の遥かに寛大な処置と旺盛なサービス精神で対応してくれる。

だが、和也という男も負けていないのである。どんなに自分に優しくしてくれる人や親切にしてくれる人に対しても、いずれあきたりなくなり、不満を内側に溜め込み、放出できる機会を窺っているという始末なのである。そういったわけで、今回も「もっとください」という和也の執拗な要請に「もう応えきれない」という至極当然なT店長の返答があり、それに対して和也は無意味に腹を立て、三歳児のように拗《す》ねているという現在の有様なのである。

和也はこの手の愚行をかつての女性との関係の中でも繰り返してきた。

一つには安原先生との一件があり、もう一つには亜沙美との一件があった。二人とも和也に本当によくしてくれた。おおげさじゃなく、二人とも命の恩人である。

まず安原先生についてだが、安原先生は和也の高校時代に通っていた塾（予備校）の相談専門の担任の先生で、在学当時いろいろな悩みや質問に懇切丁寧、親身に常に答えてくれたのである。そして、男子校在学中の周りに女っ気のなかった和也は丸みがあって優しげで、女性らしい雰囲気をまとった安原先生にメロメロになり、安原先生に認められたい、ほめられたいがゆえに受験勉強を頑張っていたのである。

そして、安原先生の尽力と和也の努力の甲斐もあり、和也は第一志望の名門私大の合格を勝ち取ったのである。

一通りの試験と合格発表が終わり、和也の受験日程が終わった日、和也は安原先生に報告しにいこうと思いたった。けれど、予備校に着いた先には、いつも安原先生が座っているはずの席に違う女性教師が座っているのである。和也はたまげたというか面喰らってしまった。安原先生に合格を発表するがためだけにこの一年半頑張ってきたといっても過言ではなかったからである。和也は焦りながらも塾の事務スタッフに「安原先生どうしたんですか？」と尋ねた。そしたら、事務スタッフは「他の校舎に移られましたよ」と言った。和也は「どうしたものか？」と思った。

結局、和也はその電車で、一時間弱の校舎に安原先生に会いにいくことを決めたのである。道中(半ば日が暮れ始めていた)、安原先生に会える期待や思ったような反応をされないんじゃないかなどの不安などがないまぜになったまま移りゆく車窓を眺めていた。合格を発表できるドキドキや迷惑がられるかもしれないというソワソワなどが夕闇をより際立たせていた。

そして、その校舎の最寄りの駅まで着いた。駅からは安原先生がいるであろう校舎が見えた。和也は道中で息をスッキリさせるガムなんぞを買い、噛みながら予備校に入る機会を窺っていたのである。ガムもいい感じに味がなくなり、このままうろうろしていても仕方ない、ということで、ガムを包み紙に丸め、意を決して校舎の中に入った。

受付の人に「安原先生いますか？」と尋ね、席位置を聞き、その場所へ向かった。遠くからでも安原先生であることがすぐにわかった。明るい茶色の軽く巻いた髪の毛、太ってはいないけれど、適度に丸みを帯びた女性らしい曲線とオーラ、年齢をある程度重ねた人だけが醸し出せるほのかな気品と落ち着き。それだけで、ある意味十分だった。だけれど、和也は勇気を出して、安原先生に近づき、前に立ち声をかけた。

和也を見た瞬間、安原先生は一瞬驚いたが、すぐに顔が明るくなった。

「佐々木君！　どうしたの？」

「安原先生に報告しに来たんです」

「遠いところをわざわざありがとう！　寒かったでしょ⁉」

「大丈夫です。会いたかったので、来ちゃいました」

安原先生は実際随分嬉しそうだった。頬っぺたがわずかに上気していた。久しぶりに間近で見る安原先生はやっぱり美人だった。一般的には美人じゃないかもしれないけれど、和也にとってはこの世界で一番好きな人であり、美しい人なのだ。そして、それから受験の結果報告を安原先生にし終わった後、安原先生が笑顔で、

「これからご飯でも一緒に食べようか？」

と言ってくれた。

「いいんですか⁉」

と和也は嬉しい気持ちを抑えながら言った。本当はめちゃくちゃ嬉しかったのに。和也は勇気を出して、来てよかったと思った。そして、それから安原先生が塾のスタッフに言付けをして、靴を仕事用からプライベート用に履き替えていた（なぜか靴を履き替えている映像を今でもはっきりと思い出すことができる）。近くの中華ファミリーレストランまで並んで歩いた。何を話したかはほとんど覚えてないけれど（たぶん将来の夢とか今後の目標とかそんなこと）、とにかく幸せな時間だったことだけは確かだ。それからレストランに入って、「安原先生がいたから頑張れた」とか「本当に感謝している」などの今まで秘めていた感情をぶつけた。安原先生はそれらの言葉に素直に本当に嬉しそうだった。今、その頃の安原先生ぐらいの年だから思うけれど、安原先生ぐらい純粋で素直な人ってそういないと思う。彼女に出逢えてよかった。安原先生がいたから、どんなに辛くしんどい時でも、人を信じることをやめずにこられたのだ。そう和也は思うのであった。

それから、レストランを出て（嬉しすぎて胸がいっぱいになり、半分以上残すという失態をしてしまったが）、最寄りの駅まで並んで歩いた。寂しかった。もう会えなくなってしまうのが。ずっと今のままでいたかった。時が止まればよかった。でも、時は流れていく、僕らをかえりみることなく。最後に握手して、別れた。

「頑張って」

という言葉をお互いに言い合って。

今の僕は安原先生の「頑張って」という言葉に応えられているのだろうか？　わからない。でも、今でも頑張っている。何かに立ち向かっている。安原先生に認めてもらえるように、今日も生きている。

安原先生との間にその後、何があったかと亜沙美との間にどんなことがあったかはこの後で書くとして、一つ言えることは和也は女性との関係はもちろんのこと人間関係全般に関して非常に不得意だった。自分の気持ちを上手に伝えたり、フレンドシップを構築していくのが誠に不得意だった。二十歳《ハタチ》を超えて、ほとんど何でも話せる男友達や気を許せる女友達がようやくできてきたが、やはり人間関係は今でも苦手だった。

それゆえ安原先生との関係も亜沙美との関係の終焉もバツの悪いものになってしまったのである(今ではいい思い出だが)。そのことは今後機が熟してきたら、書いていきたい。

和也は最近ダルかった。先月薬が増えたからだ。今日の診察で少し薬を変えてもらった。これで少しでもダルさが取れればいい。あと、体重は先月の測定と比べ、変わらなかったが、体脂肪率が三・五％増えてしまって、二〇・五％になってしまった。それとともに只木さんに和也の文学を酷評されたので、ダブルパンチで今、和也は少し落ち込んでいる。

でも、いいのだ。和也は自分の文学的才能云々よりとにかく楽しんで書こうと思っていた。人生だって人と比べて一喜一憂するんじゃなくて、自分らしく日々を過ごそうと思っていた。ただダイエットだけは気を入れて取り組まなければと思っていた。

そして、二週間ぐらい前にあった事だけれど、就職が決まった。また、就労支援施設でみんなの前で発達障害や仕事について講演のようなものをする機会があったのだけれど、みんなに好意的な反応をもらえた。この二つの出来事で自分の成長を感じられたようで和也にとっては随分嬉しかったのだ。

これらが近況報告である。いいこともあったし、憂いを招くこともあった。たぶんそれが人生というものなのだろう。

それでも和也はウキウキしていた。今聴いているレディオヘッドのアップテンポな音楽のせいかもしれないし、只木さんと一緒に原稿用紙に向かっているからかもしれないし、アキラの作品が少しだけ評判になってきたからかもしれないし、和也が少し人生の自分が味わえない部分を諦められるようになってきたからかもしれない。そして、自分が味わえる部分だけでも人生は随分美味しいのだということにも気づき始めてきた。

和也は煩悩とコンプレックスにまみれた男だった。女性に対する欲望やいろいろなことに対する劣等感が彼を形成していた。満たされぬ欲望は暴発寸前だった。もちろん今でも満たされぬ欲望は和也を大いに悩ませ続けていたが、和也はそれは「自分だけじゃない」ということにも気づき始めてきた。そして、和也には「文学」と「素晴らしい温かい記憶」というものがあった。だから、今後もどんなに辛くてもおそらく道を踏み外すことはないだろう。

星は今でもずっと遠くで輝いていた。和也が目を背けていた時も、雲に隠れていた時も、星は輝き続けていた。そして、遠くから和也達を励まし続けていた。

「煩悩」「満たされぬ欲望」この二つは和也にとってテーマだった。大学時代に半年つきあった彼女以来、和也はずっとフリーだった。好きになった人も何人かいたし、好きになられたことも何度かあったけれど、ずっとフリーだった。欲望は満たされぬままだった。だから仕方なくアダルトビデオで用を済ませる毎日だった。

ただ恋人候補というわけじゃないけれど、最近三十代半ばの真由さんと仲良くなっていた。小柄で指が太くて、長い睫毛が印象的なバイオリンを弾く気品ある女性だ。すごく仲良くなったとかそういうわけじゃないけれど、悩みを相談されるぐらいの仲にはなってきた。

この二人の関係はおそらく恋模様とは関係ないが、それでも異性と深い信頼関係を築けるというのは和也にとっては新鮮な経験だった。何より真由さんは素敵な女性だし、素敵な人間だった。

真由さんは慎み深い人間で、過度に純粋だった。そして、純粋な人間が陥りがちである社会不適応に学童期から悩まされていた。でも、和也はそんな真由さんの中に流れる澄んだ旋律や芯が一本通った力強い言葉が大好きだった。そして、「こんなに純粋だったら、生きるの苦しいだろうなぁ……」と思うのであった。そして、できる範囲のことしかできないし、頑張りすぎると共倒れになるから大したことはできないけれど、それでも力になれることは力になろうと思っていた。真由さ

郵 便 は が き

料金受取人払郵便

新宿局承認

1409

差出有効期間
2021年6月
30日まで
(切手不要)

1 6 0-8 7 9 1

1 4 1

東京都新宿区新宿1－10－1

(株)文芸社

愛読者カード係 行

お名前《ふりがな》			明治 大正 昭和 平成	年生 歳
ご住所《ふりがな》	□□□-□□□□			性別 男・女
お電話番号	(書籍ご注文の際に必要です)	ご職業		
E-mail				
ご購読雑誌(複数可)		ご購読新聞		新聞

最近読んでおもしろかった本や今後、とりあげてほしいテーマをお教えください。

ご自分の研究成果や経験、お考え等を出版してみたいというお気持ちはありますか。

ある　　ない　　内容・テーマ(　　　　　　　　　　)

現在完成した作品をお持ちですか。

ある　　ない　　ジャンル・原稿量(　　　　　　　　　　)

書　名			
お買上 書　店	都道 府県　　　　市区 　　　　　　郡	書店名	書店
		ご購入日	年　月　日

本書をどこでお知りになりましたか?

1.書店店頭　2.知人にすすめられて　3.インターネット(サイト名　　　)

4.DMハガキ　5.広告、記事を見て(新聞、雑誌名　　　)

上の質問に関連して、ご購入の決め手となったのは?

1.タイトル　2.著者　3.内容　4.カバーデザイン　5.帯

その他ご自由にお書きください。

(　　　　　　　　)

本書についてのご意見、ご感想をお聞かせください。

①内容について

②カバー、タイトル、帯について

弊社Webサイトからもご意見、ご感想をお寄せいただけます。

協力ありがとうございました。

お寄せいただいたご意見、ご感想は新聞広告等で匿名にて使わせていただくことがあります。

お客様の個人情報は、小社からの連絡のみに使用します。社外に提供することは一切ありません。

■書籍のご注文は、お近くの書店または、ブックサービス(0120-29-9625)、セブンネットショッピング(http://7net.omni7.jp/)にお申し込み下さい。

んの純粋な部分を和也はできるだけ守ってあげたかった（そんなの現実では難しいかもしれないけれど、それでも）。

異性としては意識していなかったけれど、真由さんは今後記憶に深く刻まれるであろうし、長い期間友人としてつきあえるかもしれない大切な女性だった。

彼女のバイオリンを過去何度か聴いたことがあるけれど、本当に感動した。演奏が真由さん自身だったからだ。演奏に真由さんの不器用で頑固で芯が強く、壊れるほどの純粋さが乗り移っていたからだ。本当に感動した。音楽の演奏で人生で一番感動したかもしれない。それはうまかったからじゃない、聴いていて苦しくなるぐらい魂がこもっていたからだ。

「芸術っていうのはきっと不幸な人間によって為されるべきものなのかもしれないな」と和也は思った。そういう意味において、和也もアキラも只木さんも真由さんも芸術の神様に祝福されているかもしれなかった。そして、真由さんの演奏は悲しくて、苦しいだけじゃなく、楽しくて、幸福でもあった。それは和也達も同じだった。みんな少しずつ荒れ地や泥沼を出て、新たな大地に進もうとしていた。「いくつになっても人は新しく何かをできるようになるんだ」と和也は自分に言い聞かせていた。

精神の病という困難を抱えた和也達は「連帯」という形でそれに立ち向かった。そして、少しずつ一般の人にも理解してもらえたり、隔てなく交流できるようになってきた。精神障害者に対する差別や偏見や無理解というものは年齢の高い世代を中心に根強くあるけれど、それでも精神の病を抱えた人を熱心にサポートしてくれたり、痛みや苦しみに心から耳を傾けてくれる人もたくさんいた。

デイケアのスタッフや今通っている就労支援施設のスタッフ、カウンセラー。どの仕事も大げさじゃなく、命懸けの職業だ。本当に様々な特徴や思考様式やパーソナリティーを持った人と向き合って、その人に合ったアプローチをしていく。精神的にも肉体的にも消耗するし、根気や長い期間を要する。どんなに時間や労力をかけても報われるとは限らないし、状況は打開されないかもしれない。待つことが最善の時もある。最悪の事態に至ることもある。それでも彼らは希望と信念を失わずに懸命に仕事をしている。彼らの後ろ姿を見ながら、彼らに守られながら、二十代を過ごした和也は自然と自分も自分の仕事で若い人に夢を与えられるような大人になりたいと思うのであった。

その後和也は二〇一七年を迎えたわけだが新年早々慌ただしい日々が続いていた。アキラとのすれ違いや就職に向けた準備、体調不良など。

アキラとのすれ違いというのはすれ違いといえるほどのものでもない些細なことで、価値観の不一致と言えばそれまでの話だが、どうも和也はアキラの未来ばかり夢見る、現状に満足することを知らない性向に少し疲れさせられていた。「絵のレベルをもっと上げて評価されたい」「彼女がほしい」そんなことばかり隣で言われ続けると、今自分と一緒にいる時間は何なんだと思ってしまう。和也は今ある現状にある程度満足して、周りや日々に感謝して、お互いの労をねぎらって、コーヒーでも飲みながら気楽に時間を過ごしたかったのだ。

でも、アキラはその日一日中、家で創作に励みたいのかは知らないが、どことなくソワソワして心ここにあらずの態《てい》で、今いち話も弾まなかったのだ。

つきあいも五年以上になってきたからわかってきたが、どうもアキラには（和也もそうだが、でも幾分違った形の）エゴイストの質《たち》があることが身に沁みてわかってきたのである。決して親切じゃないわけじゃないが、自分が得にならないことに関しては決して積極的にサービス精神をふりまこうとはしないし。

親友のことをあまり悪くは言いたくないが、つきあいたての時は気づかなかったが、アキラにもそれなりにズルいところや傲慢なところがあることを和也は発見しつつあった。

それでもアキラは只木さんと並ぶ和也の人生において極めて重要な親友なので、好きであり、絶えず気にかけ続けている存在なのだが、やはり育った環境も考え方も全く別個の人間だから、すれ違うというのは当たり前と言えば当たり前だった。

和也はある意味人と関わるとはどういうことかについての第二段階にもしかしたら進んできたのかもしれない。相手を自分にとって都合のいい眼鏡を通してじゃなく、ありのまま見るということ。その上で尊重するということ。

和也は人間（特に女性）を理想化して見る癖があった。ある老女にも、「よく見て。ありのままを見なさい」とよく言われた。現実や世界をありのまま見ることは作家には絶対に必要なことなので、ありのまま見ることに励もうと思う和也だったが、自分が想像していたものと違う、時には汚れていると思うようなショッキングなものも含むこの世界をありのまま見るというのは三十歳間近になったとはいえ和也にとってはそれなりに苦痛を伴う作業だった。

それでも、もう和也も子供ではないし、仲間や家族に頼ることも含めて生きていくための数多くの術を身につけていた。そして、和也は言語者（作家も含む）としての役割を自覚を持って引き受けつつあったので、そのためにも物事をありのまま見るということを意識的にやってみようと思うのであった。

和也は就職して、二日間の研修を受けた。一言で言って、ダルかった。規則やルールを何個や何十個も教えられて、聞いているだけで息苦しくなった。会社の中、あるいは社会の中でやっていくというのは和也には耐え切れないぐらい苦しかった。三度目の就職となった今回だが、早い期間でやめるかもしれなかった。それは和也に忍耐力が足りないというより、和也が社会の中でやっていくのに向いてない性向や体質を持っているからと言うべきであろう。

和也は前の会社でも前の前の会社でも本当に頑張ってきた。帰りの電車で数え切れないほど泣きながら帰ったし、歯を食いしばってやってきたが、それでもそれぞれ二年と四ヵ月でやめてしまった。それぞれの会社はそれぞれの会社なりに和也にすり寄ってきてくれたが、それが功を奏した場面もあったが、結局はうまくいかなかった。

和也は社会でやっていくには敏感すぎたし、刺激に疲れを感じやすすぎた。今回和也は二日間の研修だけでも大きなストレス（耐えがたくなるほどの）を感じたし、へとへとになるぐらい疲れてしまった。今後どうすればいいのか？　和也が誰かに聞きたいぐらいだった。ただ和也も昔のままの和也ではなかった。自分の感情が爆発する前に、未然に母や就労支援施設のスタッフに思いのたけをぶつけたり、相談できるようになっていた。

前途はどう考えても多難だったが、和也が成長しているというのも疑いようのない事実だった。和也も無駄に時間を過ごしてきたわけじゃないし、自分の守り方も少しずつ身につけていた。というわけで和也は就労支援施設のスタッフに就業時間を短くしたい旨《むね》を企業側に伝えてほしいと早速お願いした。この願いは通るかわからないが、言ってみるだけの価値はある気がした。

「どんなことがあっても無理だけはすまい」そう思う和也であった。どんなことがあっても身体や自分自身を優先に考えていいのだ。日本社会というのは過労死にも代表されるように組織や仕事が優先にされがちな社会だが、和也は何としても自分を守るつもりだった。もちろんやることはやるが、自分の心に秘めた思想や意地までは手放すつもりはなかった。もちろん健康や身体も。そういうわけで、まあまずはやってみようと思う和也なのであった。

引き続き和也は悩んでいた。勤務の開始日はこちらの都合だけじゃなく、あちらの都合でもって延び延びになっていた。和也は新しい職場でやっていける自信をほとんど持てていなかったから、勤務開始日が延び延びになっていくのは和也の不安を増長させる結果になっていた。

今回の就職に関してはカウンセラーは賛成でも反対でもなかったが、積極的に応援してくれるということはなく、そのことが和也にとって少し気にかかる点ではあった。それでも信頼できる就労支援施設のスタッフ玉井さんの「せっかく受かったんだから、すぐ辞めてもいいから、やってみたら」という言葉を受けて、研修後の体調不良時に選択に迷っていた時も就労を希望したのである。

随分迷ったが、ここでやめたら後で後悔するだろうという想いも相まって、選択したのである。

ただ和也はここにきて、もう一度悩んでいた。うまくやっていける気が全然しないのである。情けないことに和也は気が弱く、四六時中不安に襲われる質《たち》だった。どうすればいいか、わからなくなった和也は仕方なく玉井さんに電話をした。

玉井さんは仏みたいな声で和也の不安を推し量ってくれて、次の日の午前十一時に面談してくれるということであった。緊張状態にある和也もこれには少し安心したのであった。


玉井さんはあちら側の企業とコンタクトを取ってくれて、和也ができるだけ安心して、就労に臨める環境を整えてくれた。事前にあちら側の企業の障害者雇用を司る立場の人と和也がこれからお世話になる店舗の店長に面談を申し入れてくれて、少しでも和也が安心できるように手配してくれた。

今後その面談が行なわれるわけだが、和也は体調が安定していなかった。薬の調整がうまくいっていなかったからだ。ダルさ、眠気、不安、イラ立ちなどが和也を苦しめていた。頓服薬などを飲んで何とかしのいでいたが、ダムがいつ決壊するか、それは誰にもわからなかった。それでも和也はこの緊急事態とも言える状況の中でも主治医に相談したり、カウンセラーや親に頼ったりしながら、うまく踏み止まっていた。昔だったらこの段階で入院していたであろう時でも踏み止まれるようになっていた。これは一つの達成であり、成功であると言えるであろう。和也は周りへの頼り方や援助の求め方が上手になったのである。

就労の話とは一線を画すが、和也をこのところ悩ませる一つの事象があった。それはKさんについてのことで、和也はKさんに不躾《ぶしつけ》で無神経で傷つける詩を贈ってしまったのだ。悪気はなくて問題の言葉「取り立てて美人というわけじゃないけれど」はその他の言葉をより際立たせるために必要な言辞として、少し迷った末に採用した言葉であったのだが、それが地雷を踏んでしまったのだ。それ以来それまでは仲良く笑顔でいろいろ談笑してくれていたKさんが機械的な接客以外一切相手にしてくれないのである。ただでさえ傷つきやすい和也はこの自分の軽率さが招いた失態とKさんの仕打ちにひどく心を痛めつけられるのであった。

でも、やってしまったことは取り消せないので、泣く泣く和也は今の状況に甘んじているのであった。言い訳や誤解に対する注釈はいくらでもやろうと思えばできるのだが、それをすると余計事態を厄介にすることは目に見えていたので、和也は泣く泣く今の状況を受け入れていたのであった。

ただこの場を借りて一つだけ言わせてもらえるのなら、あの少し失礼とも言える詩の根底にあるのは、大げさな言葉で言えばKさんへの愛であるということだけは言っておきたい。だったら何を言ってもいいということではもちろんないのだが、悪意からの言動ではないということだけは強調しておきたい。

女性とは厄介である。女心は難しいとまた今度もしでかしてから学ぶ和也なのであった。

和也は混乱していた。中々就職の話は前に進まなかったので和也はかなりのフラストレーションを感じていた。もう一般就労は無理なのかもしれないなと、今までの一般就労の顚末《てんまつ》から考えられてくるのも無理もない話だった。和也には一般就労というのはプレッシャーが強すぎるのかもしれなかった。

でも、チャレンジしてみたい和也もいるのであった。ワンランク下げた作業所というところは和也に相応しい場所かもしれないが、賃金が格安であることや作業が単調なものばかりだというのも和也には少しひっかかるのであった。

ただ今のダルさを基調とする、興奮や不安が交互に訪れるような状態では就労はおろか入院せずにまともに生活するのがやっとの状態では、いまは少しでもゆっくり安静にして「時を待つ」ことしか和也にはできないのであった。

話は変わるが、和也はある人に「自分（だけ）のために書いてみなさい」と言われたことをきっかけに、もっと個人的で自己完結的な文章をこれからは書こうと思うのであった。誰におもねることなく遠慮することもなく、発表することを意識することなく、どこまでも自由で個人的な《プライベート》作品を創ろうと思うのであった。

もっと恥や遠慮の意識を捨てる必要があるのかもしれなかった。それは中々難しいことだったし、将来の発表というのがどうしてもちらついてしまう和也だったが、どう読まれるかばかりを気にした作品が面白いはずはなく、和也はそろそろ脱皮する必要に迫られている気がした。

自分でも足りないものに対して気づきつつあった。正直な気持ちを吐き出せてない事象や箇所があった。自分の内側にある醜い感情にフタをしているところがあった。読者が一番読みたいのはそういう真実の部分なのに。和也は覚悟を決めつつあった。綺麗事だけを並べる今のくだらない作風から脱皮して、自分の汚い、ズルい感情や他者への鋭い、辛辣な批判を開けっぴろげに表明した真実の文学へ進化しようと思っていた。

とはいえ、まず何をしていいかはまるでわからなかった。一つ言えることは相変わらずKさんとは疎遠だった。周りの人にはみんな「一ヵ月もしたら、きっと忘れてケロッとしているよ」と言われているのだが、和也はこのようなKさんとの不具合などに似た経験を過去の人生で嫌というほどしてきているから、それによってこれらのことがおそらく発達障害に起因するということも相まって、多大なショックを蒙《こうむ》ることになったのだ。Kさんとの出来事というよりも自分が結局は欠陥人間だと認識させられるような気がして。でも、これは少し考えすぎだろう。誰にでも失敗はあるものだし、すべての原因を発達障害に押しつけるようなところが発達障害的思考様式なのかもしれない。どんなに悩んでも自分に与えられているものは変わらないわけで、その中で和也は随分頑張ってきたし、奮闘してきたし、ある意味では活躍してきた。Kさんもきっと最後にはいつもの笑顔で許してくれるはずだ。

カウンセラーは「マハロ」の面々と僕は「店員さん」と「お客さん」の関係に過ぎないというけれど、それもそうだと思うけれど、絶対にそれだけじゃない。それだったら、僕はこんなにしつこくなるほど「マハロ」に通いやしない。カウンセラーみたいに常識と理性で割り切ることも大人として生きていく上でもちろん大切だけれど、それだけじゃ嫌になって、自殺したくなる。カウンセラーは言うことが冷たい。声の中には希望が聴こえない。諦めと現実があるだけだ。でも、それが正しいのかもしれないけれど。僕はまだ現実を受け入れられていないのかもしれないけれど。学問や知識は感情には応えてくれない。

和也はなんだかんだで事を進めていた。接客業務などを含む前の候補の店舗は辞退して、後方支援業務を主とする店舗の二次面接をこれから受けるのだ。一度は決まりかけた（研修まで受けた）店舗を蹴って、また二次面接からというのは最初は堪えたが、和也にとって接客業務というのはどうしても不安要素だったし、できれば避けたい事柄だった。だから、これでいいのだ。多少家からの通勤時間は長くなるが、それでもこちらの選択の方がベターな気がするのであった。というよりここまでの過程で随分色々あったのだが（手違いなどもあり）、今の現状を受け入れて、ポジティブに捉えてゆくしかないのだ。社会は自分だけで回っているわけではないから、我慢や妥協や了解も必要なのである。とはいえ、新しい選択肢もそれなりに魅力的でいいものである気がして、明日の面接に気合いが入る和也なのであった。

そういえば大ニュースがあった。あの「マハロ」が来月末をもって閉店するかもしれないのだ。T店長から聞いた話だと、大手外食チェーンが（今「マハロ」が営業する場所の契約更新の時期が迫っているのだが）破格の高額の賃料を楯に取って「マハロ」を追い出そうとしているのだ。

地域の住民に五年以上親しまれ愛され続けてきた「マハロ」だったが、価格帯が高めなこともあり、客席は混んでいる時もあれば、まばらな時もあるので、「大繁盛で高い賃料喜んで払えますよ」という具合には傍から見てもどうも言えなさそうなのである。

「マハロ」というのは和也にとって生命線であり、「文化遺産」である。なんとしてもなくなってほしくないのだが、年を取るにつれて時代の移り変わりや物事の儚さを味わってきた和也には「マハロ」がなくなるのも致し方ないように思えるのであった。

本当に素晴らしいものは一瞬だけでも十分だ。その一瞬の光は生命や人生までをも照らし続けるのである。そう言い聞かせ、自分を納得させようとする和也なのであった。

和也は勤務を開始した。仕事というのはやはり厳しいものだ。精神的にも体力的にも激しく消耗する。今後続けていけるか、不安だった。だから、玉井さんなどを中心に頼らせてもらっている。最初は一日四時間の週三日で始めさせてもらっているが、それでも和也にとってはハードだった。慣れない人や環境というのは和也にとって多大な刺激だった。周りの同僚や上司には今のところ嫌な人はいないが、クセのありそうな人もたくさんいた（それはどこでもそうだろうが）。店長などはできる人だが、せっかちで少し怒りっぽかった。

そして、店舗というのはスピードを求められる環境だから、今まで和也がいたまったりした甘《あま》な空間とはギャップがありすぎた。

和也はこの先やっていけるだろうか？　それは神のみぞ知る問いだ。和也にできることは一日一日積み重ねることだけだった。いろんな人に頼りながら。

ところで、最近母の具合が少し悪い。頭の回転も悪くなった気がする。気のせいかもしれないが、母ももうすぐ六十三歳だ。和也は母に甘えっ放しで負担をかけ過ぎているから、それが軽減できるように自分でできることはなるべく自分でやろうと思うのであった（もちろん仕事が落ち着いてからでいいから）。

「マハロ」は今月末に閉店することが決定した。寂しい。悔しい。信じられない。怒っている。ショッピングモール入り口付近の南向きの日当たりのいい場所に「マハロ」以上に相応しいお店なんてあるはずがない。金にものを言わせた大手チェーン店のことが忌々《いまいま》しい。

T店長は「マハロ」が閉店することに責任を感じているみたいだけれど、本当は胸を張っていいんだと思う。こんないい店を三年も守ってきたんだから。T店長のおかげでこの三年とても楽しく過ごせたし、折れそうになる自分を随分支えてもらった。

彼女は偉大だ。体は小さくて、偉そうに振る舞わないけれど、その分偉大だ。

彼女がこの経験をあまりネガティブに捉えないでほしい。彼女ならどこでもやっていけると思うし、また輝ける場を見つけると思う。なぜなら彼女はあの「マハロ」の三代目店長なのだから。

彼女は本当に素敵な女性だし、素敵な人間だ。忘れないだろう……。

『あるカフェ店長への恋』

昔々あるところに若くて、小さめな体のかわいらしいカフェ店長がいました。

彼女は来る日も来る日も休まず、愚痴ひとつ言わず熱心に働いていました。

彼女は忙しすぎても、連勤が続いても、厄介な客がいても、嫌な顔ひとつせずに、笑顔で大切なことを忘れずにお客さんやスタッフに接し続けていました。

そんな彼女の店に足繁く通う、冴えない世を恨んだところのある文学青年がいました。

彼は最初、このカフェ店長を疑っていました。人が良すぎるからです。それに彼のようなろくでもない人間にも優しすぎたからです。

しかし、彼女の優しさや人の良さは一年が過ぎても、二年が過ぎても、三年が過ぎても、続きました。

その暖かな日差しのような優しさは、この青年の疑り深く、凝り固まった厚いマントを徐々に脱がせていきました。

そして、とうとう青年はマントを完全に脱ぎました。

マントを脱いだ青年は嬉しくなって、このカフェに行って、カフェ店長にプロポーズしようと思いました。

しかし、店に行ったら、このカフェ店長は男の人とハグしていました。

青年はしょげてしまいました。またマントを着ようかとも思いました。

でも、それは嫌でした。それでは、今までカフェ店長が青年にしてくれたことが全て無駄になってしまうからです。そして、青年はそれほど愚かではありませんでした。

青年はかわりにこの若い二人の愛を祝福しようと思いました。彼は人を愛するとはどういうことかを学んだのです。

そして、彼はカフェ店長からもうひとつのことを学んでいました。

それは「人は信じていい」ということです。

その後、この青年は偉大な文学者になりました。それでも、成功した今になっても、心が苦しくなり、負けそうになる時はこのカフェ店長のことや彼女の笑顔、このカフェのことを思い出して、こころを奮い立たせているのでした。

めでたし、めでたし、おしまい。


最後にこの原稿を書いてから、一ヵ月以上が経った。その間に様々なことが起こった。何とか続けられている仕事、甥の誕生、「マハロ」とのお別れ。和也は自分の身に起こった様々なことをまだうまく消化できずにいた。

特に「マハロ」との別れは簡単には消化しきれない、ものすごく濃い体験だった。そして、とんでもなく嬉しい、素晴らしい体験でもあった。

まず初めに仕事のことから書こう。仕事は今のところ十五日の勤務予定日のうち、十二日出勤できていた。休みがちなことを避けられない和也にとって最初の一ヵ月としては上々と言えると思う。業務内容もゴミ捨て（意外と分別などが細かく、出す量も多いので大変だ）、印鑑押し、チラシの折りたたみ、試食の片付け、商品をダンボールから出す仕事、値引きシール貼りなど多岐に及ぶが、そのどれも大体単純作業なので、不器用な和也にもなんとかこなせる程度のものだった。

しかし、楽というわけではなかったし、もちろんすべてが順風満帆というわけでもなかった。ゴミ捨てなどは体力を激しく消耗するし、店舗のスタッフはこちらが何も言わないと、どんどん仕事を振ってくるので、一言自分で「今キツイです」や「調子悪くなってきました」と声をかける必要があった。

それでも基本的に社員さんを含めた店舗のスタッフは和也に対してウェルカムな姿勢で、不器用ながら真面目に業務に取り組む和也を店舗の新たな一員として受け入れてくれていた。

もちろん前途は多難だったが、無理せず大変な時は口に出して、伝えるなどを心懸けて、自分なりに適応していこうと思う和也なのであった（場合によっては休むことも含めて）。

次は「マハロ」のことであるが、今から一週間前に「マハロ」は閉店した。五年以上毎日のように通っていた和也にとってはあっけない幕切れに感じられるのであった。それでも閉店の二日前に昔「マハロ」で働いていたOさんやSさんを始めとするメンバーが何人も来店していて、KさんやT店長と合わせて、随分和也を喜ばせてくれたのである。OさんとSさんはわざわざ和也のテーブルまで来てくれて、それぞれ十分ずつくらい話せたのである。OさんもSさんも相変わらず、優しかったし、綺麗だった。そして、Kさんと四人で写真も撮った。写真を撮られ慣れてない和也以外はみんなリラックスして楽しそうな笑顔を浮かべたすごく素敵な写真になった。携帯のデータを現像するのが楽しみだ。

OさんもSさんも一年ぶりだったけれど、大人に、より綺麗になっていたけれど、成長も感じたけれど、あまり変わっていない気がして嬉しかった。

Oさんは大らかで、さっぱりしていて、男っぽくて、優しくて、相手をリラックスさせる女性だ。笑うと目が塞がったように見えるぐらい幸せそうな顔をしていて、周りを盛り上げたり、幸せにする人だ。

SさんはOさんとは対照的で大きな澄んだ瞳と透き通るように白い肌が印象的だ。和也が「マハロ」最後の日にSさんに「絶対すごい作家になります」と宣言したら、Sさんは大きな澄んだ瞳で和也の目をじっと見つめ、肯いてくれた。

大きな声で笑う、気の強いSさんは本当は弱いところもあって、仕事について大変さを漏らしたりしていた。でも、やっぱり彼女は前向きで結局自分らしい人生を最後まで歩めると思うし、自己実現というものを為し遂げられるであろう。彼女が「マハロ」最後の日のフラダンスショーが終わった時、透明な涙を手で拭っていたのが印象的だった。彼女は純粋だ。純粋さとは僕ら年を取った大人達が考えるよりもっと純粋なものだ。Sさんの涙やOさんの二年前の涙は和也にそのことをはっきりと教えてくれていた。

大変ショッキングな出来事が起こった。それは和也が勤めていた会社をクビになったのだ。理由は主にいつものことながら欠勤が多いことで、二ヵ月の間に四日休んでしまったことが原因らしい。

今の仕事を好きになっていた部分もなかったわけでないから、少し残念な気もする和也だったが、企業に就職している、就労しているという緊張感から解放されてホッとしている和也もいるのであった。

どうやら和也には今回の就職先も荷が重すぎたようである。というより障害者雇用での一般就労というものが和也にはそもそもにおいて無理なのかもしれないと思えてくるのであった。これからは作業所やデイケアなどを中心に日中の居場所を探してみようと思うのであった。

ただ和也は今回の一件に関してもあまり動じていなかった。会社を半ばクビ同然で辞めさせられるのもこれが三社目だし、何よりも和也は何も持っていないありのままの和也自体を肯定できるようになったり、自信を持てるようになってきていた。

それは「マハロ」での一件も大きい。「マハロ」の元メンバーとの再会&お別れの日にみんな和也を慕ってくれているというか存在をそのまま受け入れてくれて、愛してくれているのが胸がいっぱいになるほど伝わってきたのだ。言葉以上の温かい言葉を彼女達から聞き、感じ取った和也は、今までの女性に対する苦手意識や傷ついた否定的な自己イメージの修正や改善にその出来事が随分一役買ったのだ。

それは自分の世界観がある意味一変するほどの出来事でもあった。例えば「マハロ」には和也以外にも三十代の男性の常連客がいたのだが（仮に彼は仕事ができそうで、お坊ちゃん風なので〝慶應風の男〟と名付けよう）、前の和也はこの慶應風の男やその他の常連客の男がSさんやT店長と仲良く親しげに会話していると、猛烈な嫉妬心を胸の内にたぎらせたものだが、どうもその日以来、その後二日間マハロは営業し、SさんやT店長が客の男性と話す機会はたくさんあったのだが、あまりというかほとんど嫉妬やその他の感情も感じなかったのである。

これはたぶん成長と言えるであろう。そして、今回の仕事の事実上の解雇にしてもあまり動じずにいられている和也がいるのであった。おおげさな言い方を許してもらえるのなら、人生の階段を一段上ったと実感する和也なのであった。

とはいえ、今後の当てはなかった。また無職になってしまった和也は無駄に知人や友人に連絡を取る始末なのであった。

今回の解雇（契約の延長のなし）は急といえば急だった。今までの二つの会社の退職は、振り返ってみても、客観的に見てみても、ある程度妥当なのだが、今回は会社に中々厳しい裁定をされたなと思うのであった。それでも二ヵ月という短い期間に四日も休んでしまったのは事実だし、今後、体調管理に気をつけ頑張ったとしてもいつかは辞めるハメになっていたことは想像に難《かた》くないので、納得もしている和也ではあった。

今の悩みはこの無駄に空いた時間をどのように過ごすか？　ということだ。作業所などに通うまでにはまだ期間を要するであろうから、友達のバレーボール（一回り大きな球を使う、より安全なトリムバレーボール）仲間と六月にある大会に向けて頑張るというのを一つの過ごし方として既に決めていた。あとは漢字や英語を勉強してみようとも考えていた。「マハロ」もなくなってしまった和也は仕事もなくなったことも含めて急に宙ぶらりんになってしまったのである。

そんな時に和也は昔カウンセラーが授けてくれた「なんとかなる」という言葉を反芻するのであった。


和也はフラフラと自由な時間を楽しんでいた。ところで、和也は標準的な人間よりもはるかに多くの自由な時間を要する人間であった。その意味でも企業に就職しているという状態は勤務時間以外も拘束されているようで和也にとっては息苦しいものだった。そういう意味で今の何にも所属していない状態は心細い気もするが、それよりは何にも縛られずに解放的で気持ちいい気がするという方が感覚として勝っていた。

和也は感覚として少し疲れていたから（長年の繰り越されてきた疲れ）、少し腰を据えてじっくりと休んでみたいと思っていた。

和也は幾分改善されたとはいえ、それでも必要以上に、つまり自分の適当なレベル以上に、頑張ってしまうところがあった。そして、当然のことながら、頑張りや無理は結局は違った形（疲れや不調として）で自分に返ってきていた。だから、今は息を入れることが必要なようだ。今のうちにこの溜まった疲れをしっかり取り除いておきたかった。

和也は徐々に成長していた。周りからそのことを指摘されることもさることながら、自分が一番成長というものを実感していた。なぜか世界の見え方が変わったのだ。時間の流れがゆるやかになったのだ。どうしようもないことを「仕方ない」とか「それでいい」と思えるようになったのだ。かといって諦めがよくなったとか人生に冷めたというわけではない。むしろ人生をよりじっくりと味わえるようになったのだが、過剰な期待や傲慢さや強欲というものが少し薄れたのだ。

ゆるやかに時は流れていた。クラシックやモダンジャズのように。和也は今三十歳で囚われることなく自分の道を進んでいた。先行きは見えないが、それほど不安でもなかった。和也は「実力」を身につけつつある気がした。それは文学面ということに限らず、「人間」としての「実力」な気がした。人より成長の遅い和也がようやく「大人」になれてきたのかもしれない。それはやはり慶賀すべきことなのだろう。和也は少しずつ新たな「佐々木和也」という人格を獲得しつつあった。生まれ変わっているのだ。人格が変容しているのだ。殻から新たに生まれ出ようとしているのだ。

和也は好調の時期が終わって、今は不調の時期だ。風邪によって喘息を併発させてしまい、しんどい時期を迎えていた。そういう時は先々のことまで考えてしまい、無駄に落ち込んでしまうのであった。祖母や母がいなくなったら、自分はどうなってしまうのだろう？　孤独になってしまうのだろうか？　税金や書類などの手続きや身の回りのことなど本当に大丈夫だろうか？　そんなことが次から次に浮かんでくるのであった。ある人からは「行政に頼れば大丈夫」と言われていたし、たぶんそうなのだろうけれど、将来の不安というものはいつまで経っても尽きないのであった。

また和也は太ってきていた。体重も六七キロになり、体脂肪率も二二%になっていた。和也はそのことでまた少し落ち込んでいた。先月の「マハロ」とのお別れという和也にとって素晴らしい体験の余韻は終わり、夢心地から一気に現実に引き戻されたのだ。

和也はここでひと踏ん張りする必要性を感じていた。SさんやOさんやT店長にいい作品を届けるために(出版したら、読んでくれると言ってくれた)、健康や実力を獲得する必要を感じていたのだ。

この小説は「手記」であり、「闘病記」であり、「成長の記録」である。なんとしても継続して、形あるものとして、お世話になっている人や読者に届けたいのだ。

ここで少し「書くこと」そのものについて書いてみたい。和也は「満足した豚でいるよりは不満足なソクラテスでいる方がよい」という言葉を受け入れていたから、自分の文学に満足するということはほとんどなかった。時たまうまく書けた時、出来の良さに興奮することなどもあったが、基本的にいつも「うまく書けないなぁ……」「もっとうまく書けたらなあ……」と頭をひねるのであった。

簡単に言ってしまえば、和也の文学は堅かった。頭でっかちだった。「かっこつけ」から脱け出せていなかったし、ユーモアや想像力が躍動していなかった。書くということにのめりこめていなかったし、没頭できていなかった。どう読まれるかやどう思われるかということを気にしすぎていた。

和也はもっと「文学」に対して真摯《しんし》に向き合いたかった。もっと親密に個人的《パーソナル》に「文学」に接したかった。もっと「書くこと」を楽しみたかった。

しかし、着実に進歩していることは確かだ。そのことを和也は「マハロ」のスタッフ達への手紙を書いている時に実感した。前より豊かに言葉が溢れ出て、より伝えたいことに近い感情を表現できるようになっていたのだ。

スポーツでは日頃の練習の成果は試合という場を持って試されるし、発揮されるものだが、和也にとっての晴れ舞台というか決めどころという「マハロ」スタッフ達とのお別れの手紙という発揮されるべき場面で納得のいく、今までよりワンランク上の文章が書けたことは和也にとって誠に誇らしかったのである。そして、今までやってきたこと、今やっていることは間違ってないとも実感できたのだ。

ただ目指しているところはもっと上だった。本当に「いいもの」を創り上げて、みんなをびっくりさせたかった。安原先生や亜沙美、「マハロ」の面々などの憧れ、恋慕った女性達を感動させたかった。彼女達には随分色々してもらったけれど、こっちから返せるものは何もないから、文学以外は。

和也は律義な人間だったから、借りた恩は生きている間に返したかった。

「文学」というものはとびきりのプレゼントになる。心を込めて、もしうまく書ければ。和也はそのことを数々の体験を経て知っていたから、自分が従事しているものの素晴らしさとそれに打ち込める自分の境遇を幸せに感じるのであった。

「とにかくもっと自由に楽しんで書こう！」と思いを新たに明日を見つめる和也なのであった。

『Mahalo forever』

君は憶えているの？
僕のことなんて
忙しい日常に追われて
過去のことなんかろくに振り返らずにいるんじゃない？
だから、君のかわりに僕が憶えておくよ
この店のことも
この店で出逢った人のことも
君のことも、君の奮闘ぶりも
もし若くして死んだとしても聴き継がれる曲を一曲でも残せたら、
そのシンガーは幸せなんだろうね
だから、この店が奏でてくれた曲を聴けた僕は幸せだよ

アイスコーヒーの味から、アサイーボウルの盛りつけ、
カラフルなパレオ、ロコモコ、フラダンス、
店員さんと話した様々なこと、白砂と貝殻が入ったボトル、
ロコガールが描かれたコースター、
本当にいろんなことをたぶんいつまでもしつこく憶えているよ
マハロは永遠になくなりはしないよ
愛してる、これからもずっと……

まだ五月の初めだけれど、今年の残りはゆっくり休息に充てようと和也は思っていた。とにかく疲れていたし、たくさん寝ても疲れは抜けきらなかった。なぜこんなに疲れているのかは自分でもわからなかったし、休めば疲れが取れるのかもわからなかったが、和也自身が一番休息を求めていた。

しかし、和也は発達障害特有の『多動（落ち着きのなさ、じっとしてられなさ）』を性質として有していたから、ゆっくりするというのも簡単なことではなかった。でも、和也自身が一番この終わりのない疲れに危機感を感じていたから、少し我慢して、身体を休めようと思うのであった。

運動は続けていた。一日少なくとも一時間、多くて二時間は歩いていた。トリムバレーもほぼ毎週やっていたし、筋トレ（腕立て、腹筋、背筋）もたまにやっていた。そして、これから体操とス

トレッチも気が向いた時にやってみようと思っていた。頑張りすぎない程度に身体を動かした方が休まるのではないかと思っていたからである。

漢字の勉強はやや停滞モードだった。漢字をひたすら書いて覚えるという作業に少し辟易《へきえき》していたからだ。ただなんとか踏ん張って、一ヵ月半後の検定まで勉強を継続させたかった。

人生には今の和也のようになんていうこともない（ある意味で少し退屈な）日々も大切な気がした。記憶に深く刻まれるようなドラマティックな出来事のない青空と時たま流れる白い雲のような当たり前の風景も必要な気がした。大手雑貨販売の店舗という緊張を強いられる環境で短い期間だが働いたことや、「マハロ」とのお別れや最後の手紙を渡すという濃い体験の蓄積が和也にしばらくの休養を求めさせていた。

今年の大仕事はもう終わった気がしていたから、あとは気楽にこの前見学した作業所でゆっくりしたり、簡単な仕事をしながら体力作りをしようと思っていた。

それでも未来に対しては希望的だった。なぜかはわからないが、今やっていることがいつかは結実する「予感」がするのであった。根拠はないのだが、この無駄に思える努力も多方向に枝を伸ばしていて、豊かな樹木に育つ気がするのであった。

たいていの夢を叶えた人も夢が実現するとは実現するその日まで信じきれずにいるのではないだろうか？　だから、和也の未来に対して疑心暗鬼になり、将来を信じきれずにいることも当たり前だし、夢を実際に叶えた人もきっと辿った道なのである。

「これでたぶんいいんだ」そう和也は現在《いま》の日々に対しても今までの人生に対しても思うのであった。

和也は辛い時、よく只木さんと会った。只木さんは辛い時でも会える、珍しい人だ。ごちゃごちゃ言わずに辛い時のイライラしがちな不安定な和也をそのまま受け入れてくれる。和也は只木さんの存在に感謝していた。最初は変な人だと思っていたけれど、どこまでもそのままで（素朴で）底抜けに優しい人だ。率直すぎて、煙《けむ》たがられたり、怪訝《けげん》な顔をされることも多いこの人だが、和也は彼が持つ純粋な魂の煌《きら》めきや温かさを知っていた。「もしかしたら、人から誤解されるような人の方が本当は魅力的なのかもしれない」そんなことを只木さんと会うと、いつも思う和也だった。

そういうわけで、不調な和也は今日も只木さんと会っていた。

統合失調症というのは改めて言うまでもないが、誠に厄介でしんどい病気だ。気づいたら、イライラしてきて、発狂したくなったり、物に当たりたくなる。この辛さはなった人にしかわからないし、統合失調症でもこのような症状を伴わない場合も多いが、和也のこの病気に関しての主訴はイライラだった。どうしようもなくイラついて、頓服薬を飲んでも収まらないのだ。

そういう時は自分がこわくなって、何かしでかすんじゃないかと疑心暗鬼になったりした。でも、そんなに恐れることはないのだ。最近、和也は気づいてきていた。調子が悪くなっても、そんなに恐れることはないのだ、と。

昔ある人が和也に優しくこう言ってくれた。「あなたの一番の仕事は生き抜くことだよ」と。辛い今は一層この言葉が和也に沁みるのであった。

和也は苦しい日々が続いていた。なぜこんなに苦しいのか自分でもわからなかったが、とにかく苦しかった。

虫歯どいうわけでもないのに、歯医者の叔父さんに言われた「歯ぐきが痩せてきているから、歯みがき気をつけて」という一年前の言葉が急に気になってきて、将来全部の歯がなくなったらどうしようなどと無駄に不安になるのだった。

こういう意味のわからない猛烈な不安の時はリボトリールという不安止めの頓服薬を飲むか、人と会うに限るのだ。

今日はデイケア時代の先輩金井《かない》さんと只木さんに会った。

只木さんはいつも書いている通りだが、金井さんは背が高く（一八五cm）、太っていて、大らかで、無頓着な人だ。たいていのことに「なんとかなるよ」とか「まあま あ……」と言ってこっちを気楽な気持ちにさせてくれる人だ。この人も若い頃から統合失調症で、四十代になってから症状が安定した。

「若い頃は理想と自己意識が高く、囚われていて、いつも苦しかった」「全部諦めたら、楽になれた」などの有益な話を今日も聞けたし、なにより楽しかった。共通の知人も多いので、噂話やその人に対して思っていることなども話せてよかった。ストレス解消になったたし、勉強になった。

和也は相変わらず不調だった。疲れが取れないし、やる気がちっとも出ないのだ。「このままじゃいけない」と無駄に気持ちばかり焦るのであった。休もうとはしているし、実際睡眠時間もたっぷり取っているのだが、それでも蓄積した疲れがあまり取れないのである。和也は困惑していた。こんなに慢性的に疲れているのは人生で初めてだからだ。

ただ「もうちょっとゆっくりしていよう」と和也の心《こころ》と身体《からだ》が言っていたので、焦りそうになる自分を抑えて、和也はゆっくりしていた（それに頑張る気力なんてもう和也には残されていなかった）。

和也は疲れていた。この前の就職が三社目で、そこも短期間でやめることになってしまった事実に少し呆然としていた。自分の居場所はどこにあるのだろう？　という疑問とともに徒労感だけが感じられるのであった。

それでもなんとか過ごしていた。不安止めとイライラ止めの頓服薬をうまく使いながら、なんとかしのいでいた。

きっとゆっくり休めばまた生き生きと仕事や活動ができると思って、今は目一杯休もうと思っていた。

でも、疲れが取れてくる気配は見えなかった。

和也は段々しびれを切らせてきていた。この先自分の未来はどうなってしまうのだろう？　と不安ばかりが先立つのであった。

ただ休みとはもっと長期的視野を持って見るべきものだろう。一ヵ月や二ヵ月なんて短期間じゃなくて、半年や一年という期間《スパン》で見るべきものだろう。だから、和也はじっと自分の手綱《たづな》を抑えたままにするのであった。ゆっくり休めばきっと回復すると思って。

人生には不遇の辛い時もある。そう和也は今までの人生で経験的に学んでいたから、なんとかしのごうと思っていた。今のような絶望的な状況も初めてじゃないし、窮地の度《たび》に何度も這い上がってきた和也がいた。なんとかならないことなんてそうないんだ。無理だけはせず、きっと風向きが変わってくるのを待てばいいのだ。

あとは、勉強と文学に集中しようと思っていた。作業所での簡単な仕事やトリムバレーボールや友人とのつきあい以外は勉強と文学に集中しようと思っていた。もう一度「修行時代」をやろうと思っていた。


もう一度「修行時代」をやろうと決意した和也であったが、中々やる気が湧いてこなかった。元々和也はやる気だけは旺盛な人間なのだが、最近の溜まった疲れが原因となっているのか、やる気が湧いてこなかった。ただここで簡単に投げ出さず、読書したり、原稿を書いたり、漢字を勉強したりしながら、なんとか一時間なり二時間なりカフェで過ごそうと思っていた。一時間なり二時間なり集中してないとしてもカフェで一人で過ごすこと自体にきっと意味があるのだ。和也は最近友達や母と一緒じゃないと落ち着かないという性向になりつつあったから、作家に必要な「孤独を愛する」という性質をもう一度獲得したかったのである。

和也の作家としての可能性は未知数である。現時点で作品の出来がイマイチなのは否めないが、言語に対してのセンスでキラリと光る部分もあり、努力し続けていけば、「もしかしたら……」と本人は思っていた。というより可能性いかんに関わらず、他の選択肢もほぼないのである。体調が安定しない和也を雇い続けてくれる会社は現代日本にはほぼなく、そういった消去法的な意味でも、もしプロの作家になれなかったとしても、自己実現的な意味でも文学道を邁進《まいしん》するのが一番のようなのである。

「頑張ろう」そうフラットな気持ちでつぶやく和也だった。

「書く」というのは大層なことととして捉えればその通りなのだが、升目《ますめ》を埋めていくだけの行為と捉えればそれもまたその通りなのであった。

今は升目《ますめ》を埋めていくという行為が和也には必要な気がした。

大した文じゃなくても、気の利いた表現じゃなくても、何かの言葉を原稿用紙にぶつける、または表すというのが和也にとって療法となっている気がするのであった。

人とはたくさん喋る和也であったが、心情（真情）は内にこもりがちだったので、文学を通して内側の感情を発露させることが心の健康にとっても必要であるようだった。

話は変わるが、実はこの前、この原稿を迎文社の佐藤さんに送って感想を仰いでいた。それに対して佐藤さんは一枚半にも及ぶ講評を送り返してくれた。その講評は和也の文章を丹念に読んでくれたことが窺える丁寧な素晴らしい有難いものだったのだが、講評というオフィシャルな文章という性質上いまいち佐藤さんが本当は和也の文章をどう思っているのか伝わってこないというのが和也にとって不満と言えば不満だった。

佐藤さんは真面目で人当たりが柔らかく、信頼に足る人物なのだが、欲を言えば会社員とはいえもう少し感情や感想を率直に表現してほしいのである。和也の疑い過ぎかもしれないが、いくら佐藤さんに和也の作品に対して肯定的な意見を述べられても、あまり素直に喜べないのである。

ただそれは佐藤さんの問題であるというより和也の作品自体に問題があるのかもしれない。穿《うが》ち過ぎかもしれないが、和也の作品はまだ人の心を強く捉えたり、感動させたりする力を内包していないから、佐藤さんも遠慮して率直な意見を言えないのかもしれない。

よって佐藤さんを恨むのは筋違いである。やらなければならないのは佐藤さんや読者を心から惹きつける内容と魅力を持った作品を描けるよう日々鍛練することなのである。そして、もうちょっと和也が自分と自分の作品に自信を持てるようになれたらいいのである。

和也は引き続き悩んでいた。佐藤さんから頂いた講評にいまいち納得できないのである。そして、自分の作品がまだそれほどのものになっていないと何となく感じ取り、落ち込んでいるのである。佐藤さんは口ではほめてくれるが、その言葉には力がないのである。作品の価値もある程度認めてくれているが、それも「ある程度」までなのである。これらの印象はあくまで直感からなのだが、ささいなことでも落ち込みやすい和也はまたこのことで落ち込んでいるのである。

ただダイエットや健康などその他のことは順調だった。体重は六六・八kgのままながら、体脂肪率が〇・八%下がって、二一・五%になった。まだ忌々《いまいま》しき「軽肥満」のカテゴリーのままだが、トリムバレーや体操のおかげで少しずつ状況は改善している。そして、この前のトリムバレーボール大会では準優勝した。決勝はボロ負けだったが、準決勝などはチームで力を合わせて、大逆転勝利をした。

これらの順調な事柄とは対照的にただ一つ気がかりなことはそろそろ歯の健診に行かなくてはならないことである。本当は三月に一年ぶりの健診に行く予定だったのだが、何となく行きたくないこともあり、六月になってしまった。最近なんとなくだが、歯が痛むかもしれないという不安も相まって、それらのことが和也を落ち着かない気持ちにさせるのである。

しかし、さすがの和也も観念して、そろそろ叔父の歯科医院に向かおうと思うのであった。

話は変わるが、和也は最近貯金額が減少してきていた。数年後に予定している自費出版のためにはある程度まとまった額の現金が必要である。会社を辞め、障害年金以外の収入を絶たれた形になった和也は貯金額が目減りしてきていた。普段交通費や飲食費や書籍代などがかかり、このまま切り詰めないでおくとどんどん貯金額が減ってしまうのは明らかだったので、和也は家計簿のように使った額をメモしておこうと思った。作業所で積極的に働いたとしてもまとまった額の収入は望めそうにないので、少ない収入をいかに節約して貯めていくかということに焦点を当てようと思うのであった。

和也はなんとかやっていた。作業所に通ったり、只木さんと会ったり、クラブハウスという精神障害者の居場所のようになっているところで話をしたり、トリムバレーボールに興じたりしていた。穏やかな日々が流れていた。漢字を勉強したり、ちょっとした原稿用紙一、二枚の文章を書いたりして、過ごしていた。漢字は漢検準一級の問題が難しすぎて、ややギブアップモードだったが、懲りずになんとか勉強を続けていた。

和也は真面目である。そこが和也の一番良いところかもしれない。和也は思い通りにいかないことが多い自分の人生の中で、真面目に人生に取り組み、意義を打ち建てようとしていた。大学を中退したと同時にエリートコースを外れた和也は自棄《やけ》になったこともあったが、今では文学というものに生きる意味を見出し、励んでいる。統合失調症や発達障害の影響で大学を辞めざるをえないという状況になった時は絶望もしたが、その後通信制の大学を卒業した後に通ったデイケアで終生の友二人と出逢い立ち直り、今は夢を追いながら、作業所に通うという日々だった。

ただここで説明しておかねばならない女性が二人いる。亜沙美と安原先生だ。過去にも触れた二人だが、ここではなぜそこまで和也がこの二人の女性に恩義を感じているのかということを伝えられればいい。

簡単に言ってしまえばこの二人は人生の恩人なのである。和也が大学を中退してから二人の親友に出逢うまでの最も苦しく、多難な時期にこの二人の女性が和也を踏み止めてくれたのである。

和也は大学中退後、絶望していた。それはエリートコースからドロップアウトしたということもさることながら、統合失調症の症状が激しかったり、生まれつきの発達障害の影響でアルバイトなどをうまくこなせずにいたからだ。その後、和也を安定や回復に導いたカウンセリングにもまだ通っていなかったので、和也はなぜ自分だけこんなにもうまくいかないのかと絶望し、死というものすら頭を掠《かす》めるほど悩んでいた。高いマンションに上って、下を眺めたり、大きな深い川に入っていったことすらあった。

精神科への入院も度々し、回復や安定の糸口すらつかめずにいる二十代前半の和也だった。

そんな時に頑張って思い出す二人がいた。安原先生と亜沙美だ。

安原先生は受験の合格報告後、会っていなかったが、一度だけ和也の大学一年生の夏休みに会いにいったということがあった。そして、和也は安原先生のことがずっと好きだったということを伝え、デートを申し込んだ。安原先生は「ありがとう」とだけ伝え、穏便に断った。そういうことが和也と安原先生の間にはあった。フラれたことはショックだったが、大学生活に戻る中で和也はそのことも忘れていった。

和也は大学一年生の時は単位も取れていたが、二年生になって統計学や微分積分の授業についていけなくて、徐々に大学にも通わなくなった。和也が入学したのは商学部だったのだが、数学なしで入試を通過したため、入学した後、数学関連の授業で全く歯が立たず苦しめられていた。そして、結局単位を取れず、留年し、退学した。

ところで、和也は二年生の秋から将来を案じ、うつにも苦しめられていた。それまで一応順調に進学校から名門私大というコースを辿っていた和也にとって留年も退学も考えられない選択肢だったが、どんなに頑張っても数学関連の単位は高校時代からほぼ数学ノータッチの和也には取れそうになかった。不安やストレスばかりが増長し、和也は一人暮らしや焼肉屋のアルバイトを継続することができなくなった。

実家に帰ってきた和也は両親の支援もあり、なんとか大学に通おうとしたが、その頃から統合失調症を発症していたと思われる和也には進級することはおろか、単位を取ることもできなかった。

そんな時、事件は起こった。留年して二度目の大学二年生の夏休みに和也は眠れずに妄想と現実の区別がつかなくなった。これは統合失調症の代表的な症状だが、その頃病識のなかった和也は自分が何者かに狙われているという被害妄想に追われていて、家にいても落ち着かない日々が続いていた。三日間ほとんど眠れずにいた時、和也は電車で外出した。電車でなんとなく銀座で降りた。そして、フラフラ街を放浪していた。そこで、道端に汚い格好で座り込む老婆に会った。

おかしくなっていた和也は興味をひかれ、この老婆に躊躇することなく声をかけた。

「どうなされたんですか?」

「この銀行に金をむしり取られたんだよ」

と銀行の大きなビルのある前で怒ったように言った。老婆はその後も何かを繰り返し訴えていたが、何を言っているのかよくわからなかったが、とにかくお金に困っていて、お腹をすかせているらしいことがわかってきた。心配した和也は近くのコンビニまで走っていって、パンと牛乳の入ったビニール袋に一万円を入れて、老婆に渡した。そしたら、老婆は競争でもするかのように人目もはばからずものすごい勢いでパンと牛乳を食べた。その姿はこの老婆の置かれている状況があまりに厳しく、悲惨なことを示しているようで、和也には衝撃的だった。その時、和也の中で何かが壊れた。

ピンと張っていた線が切れた。和也は自分が世の中あるいは人間のことを何も知らなかったということに気づき、愕然とした。自分の知らないところで酷いことや悲惨なことはいくらでも起こっているんだと思って、悲しくなった。自分は恵まれた甘やかされた環境で育った世間知らずの坊ちゃんに過ぎないということも実感した。

打ちのめされた和也は妄想に襲われつつ、近所の駅まで戻ってフラフラ歩いていた。三日分の睡眠不足と先程の老婆の出来事で和也の脳の状態はグチャグチャになり、街を歩いていても、闇組織にいつ襲われるかとビクビクしていた。ちらっと見た選挙ポスターには新興宗教の影響を受けている気味悪い候補者が見えたし、その他の政治家の笑顔も胡散臭かった。目にするいろんなものが不気味な不協和音を奏でていた。

極度の不安と混乱の最中にいる和也の隣に黒いワゴンが止まった。和也はこの車はどこかから自分を助けるために用意された車だと思い、車に乗りこんだ。

気づいたら、和也は精神病院にいた。車に乗った後、警察に保護され、病院に連れてこられたのだ。警察の車で病院に護送されている時、和也はずっと安原先生のことを考えていた。朦朧《もうろう》とする意識の中で安原先生を想い浮かべると少しだけ心が楽になれたからだ。実はこの日外出する前に予備校に電話をかけていた。安原先生と話せた。

精神的におかしくなっていた和也の話を最初は怪訝そうに聞いていた安原先生だったが、和也の今の苦しさや世の中に対する懐疑、安原先生への想いなどを支離滅裂な言葉で語るにつれて、共感や同情を示してくれるようになり、最後には泣いてくれた（確かでないが、確かそうだったと思う）。心が触れ合えた気がした。でも、最後には和也の世の中や社会に対する不満や批判を「でも、それでいいの？」「社会が悪いの？」と言った。

和也は「それじゃダメ。自分が悪い」と言った。そしたら、電話がガチャンと切れた。

安原先生との電話での会話を想い出しつつ、和也は精神病院で一ヵ月を過ごした。散歩の時間以外病棟の外へ出られない、なおかつ健康的で質素な給食しか食べられない生活はストレスも溜まったが、和也はなんとか乗り越えた。辛くなる度に安原先生のことを思い出していたから、乗り越えられたのかもしれない。

入院する前にもう一つの出来事があった。和也は入院するちょっと前に高校時代の仲間と三人で会った。和也以外の二人は将来を見据えていたり、彼女がいたり、部活に打ち込んでいたり、大変ながらも充実しているようだった。和也は留年し、将来も見えず、大学も卒業できそうになく、かといって就職する気もなく、サラリーマンにもなりたくなかった。自分が発達障害ということには気づかずも、能力にばらつきがあることや普通に就職してもうまくいきそうにないことに気づき始めていた和也は二人の友人に嫉妬したり、自分が情けなく感じたり、悲嘆に暮れるのであった。

八王子の一人暮らしの友人の家で三人で雑魚寝をしたのだが、和也はろくに眠れずに夜を過ごした。そして、早朝に一人で散歩をした。ぼやけた朝の空気はそれでも新鮮で、行き場のない和也の将来にも希望を持たせていた。そして、ふと大学一年の時に友達の紹介で知り合い、その後何度か二人で会っていた亜沙美にメールをした。亜沙美はすぐに返信をくれて、都内で会った。亜沙美はバイト終わりにそのまま駆けつけてくれて、近所のカフェで和也のめちゃくちゃな話（時にはノートも使って説明した）を長時間聞いてくれた。後に安原先生に電話で話したような支離滅裂な話だったのだが、その支離滅裂な話には和也の純粋さや夢や脆さなども含まれていて、聞く者に迫ってくるものがあったのかもしれない。しかし、和也がヒートアップし、声が大きくなってしまったことに、他のお客に配慮して、亜沙美が「出よっか⁉」と言って帰り道を一緒に帰った。ということがあった。

退院後、和也はまず亜沙美に電話をした。電話をしたら、亜沙美はもうすぐ一年間ブラジルに留学するとのことだった。そんな忙しい中でも和也の半ば妄想の話にしばらくつきあってくれた。

それから、退院した和也は結局大学に退学届を出し、それが受理された。生活はというとたまに日雇いで倉庫の仕事をすることもあったが、それも病気の和也にはキツく週二回から三回やる程度だった。今まで関わっていた人との交流も断ち、和也は孤独になった。というより孤独になりたかった。一人だけたまに会う高校の時の同級生がいたが、そいつとは形だけの友情のような中身のない空疎なつきあいだった。

その後、入院なども度々したが、その苦しい頃の和也の支え、あるいは心の拠《よ》り所となってくれたのが亜沙美だ。亜沙美はブラジルから帰国後、三ヵ月に一回ぐらいは和也に会ってくれて、海や山や空港やドライブなど色々な所に行った。今以上に人格に柔らかみがなく、女の子を楽しませたり、リラックスさせる術を知らない和也であったが、亜沙美は文句を言うわけでもなくつきあってくれた。亜沙美が自分に好意を持っていないことはわかっていたけれど、和也は亜沙美にメールで告白した。

「佐々木君とは一緒にいて楽しいけれど、それだけなの。今までつきあってくれてありがとう。ごめんなさい」

という内容の、実際にはもっと長く丁寧で率直で、和也にとっては読んでいて辛くなりもしたが、しかしかえって晴れやかな印象を抱くほど、素直な爽やかなメールをくれた（和也はそのメールを何年かは大事に取っておいて、たまに見返していた）。

こういうことが安原先生と亜沙美との間にはあり、この二人のおかげで和也はなんとか生き延びることができたのだ。あまり書きたくないので亜沙美とこの後どんなことがあったかは割愛するが、それでも亜沙美は最後まで和也に誠実に接してくれて消えがたい温かい印象を和也の人生に残してくれたのだ。この二人の存在が和也が文学へ向かう原動力にもなっているのである。

安原先生は和也の持っている知的に高い資質や何よりも目標に向かって一途に頑張り続けられる性質を認めていた。よく教え子にこういう子がいたという例として和也のことを話しているという話も聞いた。

亜沙美も一緒に動物園に行った時、ボソッと和也が「作家を目指している」と言ったことがあったのだが、「いいと思う」と微笑んで和也が新たに目標を持ったことを喜んでくれた記憶がある。

亜沙美に渡した亜沙美への想いを綴った『明日へ架ける橋』という本は独善的で傲慢で狂っていて、センチメンタルな、というメチャクチャな作品なのだが、もしかしたら何か伝わっているかもしれないとも思う作品なのである。人間というのは思っている以上にきっと伝わっている生き物なのである。希望的観測ではあるけれども、亜沙美もきっと和也の夢を応援してくれているはずだ。

亜沙美とはこれで終わっていればよかったのかもしれないが、そこで終わらないのが和也の抱えている業なのかもしれない。

まだ存命だった父と会話した何かのはずみに、亜沙美のことを話した時に、「そこまでいったのなら、惜しかったな。可能性あったかもしれなかったのにな」と言われた。

亜沙美に対しての可能性などなかったのに、和也はこの言葉に反応してしまい、亜沙美のことを諦めずにいることにした。

それから月一回ぐらいメールを送った。返信はなかった。だから、和也は亜沙美の誕生日にマンションの前で亜沙美を待った。

和也はこうと決めると周りが見えなくなるところがあった。和也は今は反省している。女性を家の前で待つことなど基本的に許されないことなのだ。だから、今ここらへんのことを書いている和也は猛烈に胸が痛む。そして、亜沙美に大変申し訳なかったと心から想うのだ。あの頃の和也は常識というものに欠け、自分のことばかり考え、周りが見えていなかった。生きるとはどういうことか？　人を大切にするとはどういうことか？　ということが今以上にわからず、直情径行なところがあった。でも、その時の和也にはそうせざるをえなかった。和也はもがき苦しんでいたし、節度や弁えを見失っていた。生きるために亜沙美を必要としていた。

それから何があったかはあまりに和也にとっては迫ってくる体験なので詳しく描写することはよしたい。また何かの機会があれば、なおかつ和也が人間としてもっと成熟し、冷静にこの体験を見つめられたら、書いてみたい。


ただ犯罪とか暴力とかそういったことではない。和也は結局は一線を越えなかったし、亜沙美のことを心から大切に思っていたから、結局は彼女を尊重したし、アキラが暴走しそうになる和也を思い留めて、諦めさせてくれた。

亜沙美のことを想い出すと、楽しい、嬉しい思い出とともに切なくなる。亜沙美はたぶん和也の初恋の相手なのだ。和也はよく想い出す。亜沙美が家の前で和也と会い、和也が花を渡し喜んでくれたのを。その後時間を作ってくれて、カフェで告白を聞いてくれたのを。駅まで送ってくれて、最後に微笑んでくれたのを。

うまくいきかけたけれど、和也はその頃まともに人とつきあえるような人間じゃなかった。コミュニケーションは一方通行になり、その後途絶えた。そして、和也は起死回生を狙い『明日に架ける橋』という亜沙美のことを書いた本を亜沙美に送った。ひどい内容の本だ。狂躁的で自分本位で稚拙で、とにかくひどい本だ。感想はわからないまま亜沙美との関係は終わった。でも、何かは伝わっているんじゃないかとも思う。希望的観測として。

和也は悩んでいた。久しぶりに亜沙美とのことを思い出し胸が痛むのだ。自分が犯してしまった罪と逸脱行為を思い出し、後悔とも恥とも言えぬ何とも言えない感情に襲われているのだ。

「亜沙美さんとのことは辛かった想い出だったの？」とある人が聞いたことがあった。答えはノーであり、イエスであろう。亜沙美とは出逢えてよかった。亜沙美は最後まで和也に対して誠実だった。和也はおかしくなっていた。自分のことしか考えられなくなっていた。冷静さを失っていた。それにも関わらず、亜沙美は最後まで和也に誠実であり続けてくれた。

和也は反省している。これでもかというぐらい反省している。ただその想いは亜沙美には届かない。いつか有名な作家になって、和也の作品を読んでもらいたい。これはひとりよがりな妄想的な夢かもしれないが、亜沙美というのは和也にとっていつまでも絶対的な女性像なのである。

頑張りたい。それぐらいしかできることはないから……。

人間とはいろいろなものを背負いながら生きている生き物である。和也も目に見えぬいろいろなものを背負っている。過去には裏切ったこともあったけれど、もう亜沙美も安原先生も他の仲間も家族も裏切りたくなかった。

道は果てしなくどこまでも続き、自分が道の途中で落としてしまったものなど忘れてしまうぐらい、景色は目まぐるしく変わる。和也は後悔していた。最愛の亜沙美に対してなんであんな風に振る舞ってしまったのか？　ただ後悔は先に立たないもので、今となってはどうしようもない。ただ反省するだけだ。そして、亜沙美に少しでも恩が返せるように、それが果たして恩を返していることになるのかはわからないが、文学の道を懸命に進もうと思うのであった。

自分が犯してしまった罪に対して考えると、どうにもいたたまれなくなる。和也は今までに随分多くの罪を犯してきた気がしていた。そして、今までに随分多くの人の恩情に助けてもらってきた。そして、これだけ反省しても、どれだけ決意を新たにしても、また和也は過ちや罪を犯すのだろう。

ただひたむきに歩みたい。自分の罪を精算するために。いろいろな人が傾けてくれた愛情に応えるために。

和也は元々の発達障害的能力のばらつきや不器用さに加え、統合失調症の症状や内服薬の副作用からくるダルさなどで一般的な就労は現段階では難しく、規則正しい生活もできていない現状だ。それでも、続けていられるのが文学だった。時間と場所を選ばず、机と原稿用紙とペンだけあれば自分の世界に入っていけるのが文学のすごいところだ。

和也は弱い人間だった。精神的にも肉体的にも。こんな自分が世の中や世界の中で生かされている意味を考えると、文学というものが出てきて、裏側から考えれば他に自分が用を立てられることなんてないとすら思えてくるのであった。文学だってもちろん現時点では大したレベルではない。それは自分が一番よくわかっている。読んで、書いてある意味をしっかりわかるように書けてないし、自己中心的な視点だし、最大の致命的な欠点は面白くないということだ。
和也は時たま自分のやっていることが馬鹿らしくなるのだ。「好きでやっているのだから、やれているだけで十分じゃない」という意見もあろうが、和也はやはり趣味でやっているわけではないのだ。求道として文学をやっているので、だから、自分が納得できるように書けないと猛烈に落ち込むのだ。それが自分が人生で出逢った大切な局面のことだとなおさらだ。その場面や想い出に強い思い入れがあればあるほどハードルは高くなる。そして、和也はまだそのハードルを跳び越えていける実力を備えていないのだ。少しずつ力が伸びているのは確かだが、思ったように書けない歯がゆさが今は和也を落胆させるのである。要するに実力不足で修練不足なのだ。ただ今日友人にも言われたが「佐々木君の文学も出版も続けていけば面白いし、周りも認めてくると思うよ」、と言われた通り未来には可能性がきっとあるのだ。

和也は例のごとくまた落ち込んでいた。またカウンセラーに痛めつけられたのだ。和也はこのカウンセラーを信頼していたけれど、憎くもあるのだった。殺してやりたいと思うほど悔しくなることもあるし、一日中何もやる気がしなくなるほど茫然自失または放心状態にさせられるのだった。ただきっと進んでいた。自分の解釈の誤り（自分に都合よく解釈していた）や自己中心性、家族への甘えなどがカウンセリングで浮き彫りになり、自分というものへの理解が回を追うごとに進んでいるのだ。

まずは知ることから始まり、徐々に欠点も含めて統合してゆければと思う和也なのだった。

話は変わって、たいしたことではないが、和也に最近一ついいことが起こった。

それは昔よく遊んでいた由比から連絡があったのだ。由比とは和也が二十二歳から二十五歳ぐらいの期間によく遊んでいた間柄であった。

由比とは派遣のバイト先で出逢い、連絡先を交換し、会ってはお互いの夢や希望についてよく語りあったものだ。

そんな由比から何年かぶりに連絡があった。

「久しぶり。どうしてる？」

という当たり障りのないメールだったが、由比が夢だったサーフショップのオーナーになり、結婚したということも知っていた和也は少し不思議に思い、心配になった。

「元気にしているよ。仕事の方は中々うまくいかないけれど、マイペースでやっているよ。由比はどう？」

と和也はメールを送った。

「あんまりお店に客来なくてさ。夢は手にしたけど、今の生活に少し倦怠感を感じてるよ。和也と見た犬吠埼からの朝焼け、キレイだったな…。忘れられないよ。あの時は何かが始まるって気がしたんだ」

「そんなもんだよなあ…。俺も今人生の黄昏時《たそがれ》だよ、きっと。先は見えないし、人生に少し疲れているし…」

由比とメールをしながら、一緒に海辺の夕日を見ている気がした。静かにため息をつきながら、なぜかその時、彼女とは出逢うべくして出逢ったんだと思った。

和也は体調が戻ったわけではなかったが、少し元気を取り戻していた。というわけで、というわけでという言葉もいささか奇妙ながら、四年ぶりぐらいに元カノに連絡をしてみようという気になった。そして、気楽な気持ちで清加《さやか》という元カノにメールをした。どうせ返信は来ないと思い（和也は以前にやや一方的にメールをして返事が返ってこないということがうろ覚えの記憶ながらあった）、期待していなかったが、翌日に返信があった。

清加という女は強くて、柔軟性のない、堅物な女だが、なぜか和也だけには昔から優しくて、二つ年上ということもあるのだろうが、付き合っている時から姉と弟という感じで接してきた。清加は都内で化粧品の営業としてバリバリ働き、出世もしていた。だからといって、今の立場から和也を馬鹿にすることはなく、「ゆっくりやればいいよ」と言ってくれた。

ただ清加は口にこそ出さなかったが、どこか疲れている感じがした。体力的にというよりは精神的に。電話した時に声にあまり張りがない気がした。

和也は少し沈滞していた。どうしても元気が出ないのだ。楽園のように思われた作業所も食事会などに参加する中で個性的なメンバーや厄介な人間関係や職員に対するちょっとした不満なども現れてきて、当たり前と言えば当たり前だが「楽園」でないと感じ取り、未来が前途多難に思えて、少々鬱々とするのであった。

作業所以外でもこの前デイケアメンバーの男八人で飲み会をしたのだが、アキラが就職したビル清掃の仕事を着々とこなしている様子を聞いて、和也は少し焦るのだった。アキラが順調に仕事をこなしていることはもちろん喜ばしいことなのだが、水をあけられたようで少しショックを感じる和也であった。ただ無駄にライバル意識を燃やしたところで空回りするのは目に見えているから、和也は和也で、ゆっくりマイペースで作業所の仕事や文学に取り組もうと思うのであった。そして、和也はまた、就職こそできていないが、人間としての力、それを言葉で表すのは難しいが、寛大力、諦め力、などがついてきている気がするのだ。要するに現実を受け入れる力がついてきているのだ。もちろんそのことに難しさを感じ煩悶することもあるが。それでも徐々に現実を受け止め、受け入れ始めているのであった。

理想的に事が運ばなくてもいいじゃないかと、只木さんと只木さんの家の近くにある少々小汚いレトロな喫茶店で流れるサイモン&ガーファンクルの「ボクサー」などを小雨の降る夜に聴いているとと思えてくるのである。

人生なんて思った通りにいくもんじゃない、今までも随分頑張ってきたし、いいこともあったじゃないか、そして未来にもきっと素晴らしいことはある……。優しいサイモン&ガーファンクルの声を聴いていると、心に希望が灯るのだ。

和也はなんとか無難にというか順調に最近を過ごしていた。

由比に少しメールしすぎてしまったり（結局あのあと何度かメールした）、清加と微妙に意思疎通できず、すれ違ったりしたが、結局は二人ともと落ち着くべきところに落ち着き、丸く収まったのだ。

和也は最近の出来事を通し、自分の成長を感じるのであった。物事にじっくり落ち着いて正対できるようになり、自分を弁えて行動できるようになり、人間関係などがスムーズに運ぶようになったのである。

ルールや常識を心得た和也であったが、自由奔放な側面を持つ、意志の強い個性などは保たれたままだったので、少しは成長というかより高度に統合されたと言えるのかもしれない。

三十歳になり、半年が経過した和也であったが、年を取るのを嫌悪していた二十代とは違い、年を重ねたことで得られた落ち着きや知性や経験を喜ばしく思っている三十歳の和也がいたし、今後年をさらに重ね、発展、成熟する未来を楽しみにも思えてくるのであった。出逢いも今後自分が今期待している以上にある気がしたし、文学の方でも未来に実りや恵みが期待できる気がした。

要するに和也は順調なのであった。

キリスト。キリスト教。和也はこれらについてどれだけのことを知っているだろうか？　西洋文学をたくさん読んだ。聖書をある程度読んだ。只木さんというクリスチャンの親友がいる。教会にも数度足を運んだことがある。

でも、和也はキリストやキリスト教についてほとんど何も知らないと言っていいだろう。それほどキリストやキリスト教というのは奥が深く神秘的で謎めいているのだ。

最近只木さんにデイリーブレッドという聖書の手引きのような小冊子を三冊読ませてもらったが、読んでいると心が落ち着く。揺らいでいた高ぶっていた心が凪《な》いで、静まっていくのがわかる。苦しみは無駄なプロセスなんかじゃなく、神はすべてを厳しく寛大に見守ってくれていて、相応しいものを私に用意してくださっているんだと信じることができる。平静とゆとりを取り戻すことができ、未来に希望が持て、健全な自己意識とやる気がよみがえってくる。謙虚な気持ちと感謝の想いが自然と湧いてくる。

和也は信仰の喜びと力を今感じていた。今のところクリスチャンになるつもりはなかったが、もっと聖書やキリスト教の勉強に打ち込もうと思うのであった。今までとは全く違う世界が和也を待っている気がした。

トルストイ、ドストエフスキー、バルザック、ヘルマン・ヘッセ、遠藤周作、クザーヌス、トマス・ア・ケンピス……。

書けばキリがないので、ここらへんにしておくが、キリスト教に影響を受けた、あるいはクリスチャンの作家はあまりにも多い。むしろ西洋文学でその影響を受けていない作家は稀だ。

和也はここに挙げた作家の著作を随分たくさん読んだが、多くのものに多大な感銘を受けた。本当に感動した。特にトルストイの「復活」は大感動して、脳が沸騰したようになったことを覚えている。

多くの作品の和也を感動させた中核をなすのがキリスト教の思想やイエス・キリストの存在だ。

イエス・キリスト。この十字架上で磔《はりつけ》にされ、全人類の罪を代わりに贖《あがな》った男は何を考えていたのだろう？　自分の運命をどのように捉えていたのだろう？　彼の眼にこの世界はどのように映っていたのだろう？

彼を崇拝する人は後を絶たない。彼は今でもあまりに多くの人を魅了し、救いになっている。彼は人類の「善」と「聖」の象徴だ。彼がいる限り、人類は滅びないだろう。

話は変わり、和也はいつものように悩んでいた。ここ最近異性関係でいろいろあったのだが結局はどれも破談になりそうで、徒労感を感じている和也だった。

実は最近和也は告白されたのだ。和也が居住している市が運営しているジムで知り合った西田さんという人で、二度二人で会ったのだが、一度目のデートの時、散歩している最中に告白されたのだ。

和也は一度目のデートの時点では西田さんに対してほのかな好意のようなものを感じていた。和也の小説を読んで、笑ってくれたし、和也という人間に理解を示してくれたし、聞き上手だったし、和也と同じで芸術が好きなところも好ましかった。

ただ二回目のデートの時に彼女の前の旦那からのＤＶにまつわる話を具体的に聞かされると、引いてしまい、食べ物を食べる気もしなくなるのだった。しかも彼女は深刻な出来事をカフェやファミレスという公衆の面前であるにも関わらずあっけらかんと大きな声で語るのであった。

明日西田さんと会うのだが、しっかり断ろうと思うのであった。

ところで以前にも書いた元カノ清加ともメールを続けていた。でも、それも結局破談になった。内容と意味のあるやりとりもここ二ヵ月ぐらい随分繰り広げられたのだが、結局は和也と清加は終わった関係でしかなく、だから清算して、お互い前を向こうということになった。

二人の最後のメールは表面上はそうでもないが、決して爽やかな終わり方でもなく、和也を嫌な気持ちにさせる（おそらく清加にとっても）ものだが、それもまた何かの縁で、和也と清加はそれなりに深いところで結びついている気もするので、お互いの印象はこれらのことでもそんなに簡単に変わるものでもないだろうとも思えてくるのであった。

和也はもがき苦しみながらもとりあえず生きていた。異性との関係というのは中々うまくいかないもので片方で好きでも相手方が了承しないと成り立たないものだから、和也は中々相応しいパートナーを見つけられずにいるのだった。

でも、とにかく和也は煩悶しながらも生きていた。自分が前に進んでいるのかも判然としないままながら、日常というジャングルを懸命に掻き分け、前に向かって進んでいた。

西田さんとのことも清加とのことも由比とのことも亜沙美とのこともこれらの出逢いは何だったのか？　という疑問を残しつつ、少しずつ思い出になっていく。体験が思い出になっていくというのはそんなに悪い感慨じゃない。

とにもかくにも和也は生きながらえて、日々人生をやっているのだ。そして、いろんなところで自分を発揮し、人々や社会に波紋を投げかけているのだ。

和也は自分の未来を信じていた。プロの小説家になれているかもわからないし、寄り添ってくれる女性が将来現れるかもわからない。ただ和也は筋の通った一人前の文学者（男）に将来なれているという自信はあった。愚直に地道にやろう。無理しすぎず、怠けすぎずに、一途に励んでいこう。

亜沙美や清加や由比やT店長、Sさん、Oさん、Kさん、美大卒で「マハロ」で働いていた和也の作品をすごく褒めてくれたIさん。そんな思い出深い彼女達を感動させられる作品を、下手でもいいから負けずに諦めずに書き続けて届けようと思うのであった。

和也は西田さんに会って、正式に「つきあえない」と申し伝えた。西田さんの人を立ててくれるところや和也のことや夢を認めてくれるなどという美点にも気づいていたから、断るのは後ろ髪を引かれるような思いだったが、和也はやはり西田さんを異性としてあまり意識できないというのが決定打となって断ることにしたのである。では、断ったから、気持ちは晴れて爽快か？ というとそんなことは全然ない。基本的にあまりモテない和也にとって異性から告白されるというのは千載一遇のチャンスなわけであって、なおかつ西田さんはＤＶの問題はあるにせよ、性格も見た目も悪くなかったので、ほぞを噛むような思いで断ったのだ。

ただ時間が経つにつれ、事態の推移を受け入れられるようになり、納得してきた和也であった。和也は純粋だったのでやっぱり好きじゃない人とはつきあえないのであった。


あれから和也はいつものことながら悩まされていた。西田さんとの出来事や清加とのメールでの行き違いなどでストレスのたまった和也は悶々としていた。どこに持っていけばいいのかわからないやりきれない想いを結局風俗に行くということで埋めようと思い立った。

和也は熱心な風俗ユーザーというわけではなかったが、性欲がどうしようもない時に限って利用していた。和也は（他との比較はしようがないが）おそらく性欲が旺盛な方だったので、その処理に困ることもしばしばだった。

というわけで一年半ぶりぐらいに風俗の門を叩くことになったのである。三十分八千円と四十五分一万二千円のコースで迷ったが、その時の和也は人生がうまくいかないことへの苛立ちで半ば自棄になっていたので四十五分一万二千円のコースを選んだ。

そして、薄暗いベッドのある部屋に通され、女の子と対面した。和也は「やった！」と思った。それは女の子が比較的顔もスタイルもタイプの子だったからである。そして、和也は楽しみ、その店を出た。

問題はここからである。和也はその日の夜から妙に気になってきたのである。「もしあの子が病気で、伝染《うつ》されていたら…」と。実際痒《かゆ》くなったとか体に不調が出たとかそういうことは全くなかったのだが、元来心配性な和也は一つのことが気になってしまうと延々とそのことを考えてしまうという癖があった。「ＨＩＶを伝染《うつ》されていたら…」とか「あと何年生きられるだろう？」とか「こんな死に方情けないな」とか延々と妄想と心配が膨らんでしまって、すっかり風俗に行ったことを後悔しているのであった。

ＨＩＶについてネットで検索してみて、性行為での感染率は〇・五％以下というクリニックの記事を見つけて安堵しかけた和也であったが、「それでも可能性は可能性として残るわけで」などと考える和也であった。

しかし、さすがにしばらくして心配しすぎだと和也も気づいた。和也より圧倒的に頻繁に風俗に行っている人でもＨＩＶに感染したという話は聞いたことがないし、もしこれからも心配であり続けるなら、一度病院で検査してもらおうと思うのであった。

ところで、風俗のことはさておき、和也の人生は良い方向に向かっているかもしれなかった。作業所での弁当配達・回収の仕事を先月からやり始めたのだが、そこそこ順調にこなせていて、先月は（時給四百円なのだが）二千八百円の給料をもらえた。今月はおそらく五千円ぐらいの給料をもらえる予定で、また今後病院の備品交換やゴミ分別の仕事も任せてもらえそうなのである。生活が不規則で朝早く起きられず、体力もない和也であったが、徐々に午前からの仕事にも顔を出せるようになったり、姉や母とジョギングやワンダーコアという簡単な器具で筋トレなどにこの数ヵ月励んでいたので、体力も少しずつついてきた。

家族との関係もここ数年は良好で、昔はやや険悪だった姉とも打ち解けて会話できるようになり、二人でジョギングや食事に行くほどであった。

甥っ子も明日でハーフバースデーで、途中呼吸器の感染症で入院するなどというアクシデントもあったが、日々にこにことすくすく育っていた。甥っ子が生まれ、共に生活するまでは子供になど無関心でむしろうるさがっていた和也であったが、目が合うと笑ってくれたり、愛らしい動作で楽しそうに動き回る甥っ子を見ると偏屈な和也の心ですらときめくものがあり、気が安らぐのであった。

和也は後悔していた。風俗に行ったことを。やはり風俗なんて行くべきじゃなかったのだ。和也は真面目が売りの人間だったし、自分でも真面目で誠実なところをアピールポイントと考えていたから、事情があったとはいえ風俗に行った自分をやや許せずにいた。風俗に行くということは、和也が若い頃から嫌悪していた世に染まるということになるのではあるまいか、とも思った。

世の中で生きていくことは大変である。大人になる上でみんな多かれ少なかれまみれていくものである。ただ和也はできるだけ純粋でいたかったし、真面目でいたかった。これは風俗に行く、行かないの話だけに限ったことじゃなく、真面目でいることにこだわることもやはりそれなりに重要なような気がするのである。本当にどうしようもない時以外は風俗に行くのはやめようと思う和也だった。

と、書いたそばから不安になる和也であった。前回の女の子が今までで一番というくらいよかったこともあって、癖になりそうな気もしていて、自分が情けなくなるのであった。だからこそこうやって、文章上に認めておいて、自分を戒めているのである。

いつものことながら相変わらず和也は悩んでいた。自分の衝動性や多動性をうまくコントロールしきれずにいた。メールをいろんな人に比較的頻繁に送ってしまったり、カフェに一日三、四回通ってしまったり、一所《ひとところ》にじっとしていられなかったり。

その中で、逸脱行為などはせず、メールも分を弁えた範囲での通信に留めていたが、最近は常に心がソワソワするのである。

そして、今悔いていることを白状すると、一ヵ月ぐらい前に亜沙美にメールしてしまったのだ。メールの内容は最近の自分の近況（就職したりしたが、うまくいかず、今は作業所という所でマイペースで働かせてもらっている）や就職やカウンセリングなどを通して、少しは成長したと思う。五年前のことは一方的で自己中心的で本当に失礼しました。そして、亜沙美には感謝と申し訳なかった気持ちで一杯です。よかったら、返信などくださいという内容のみっともないメールを送った。結局返信は返ってこなかった。当然といえば当然である。和也と亜沙美はとっくのとうに終わった関係なのである。

そもそも亜沙美にメールしようと思ったのは、二、三ヵ月前に飲み会の誘いなども含めて、それ以外の個人的な知人や旧友も含めて、十二人くらいにメールを送ったのだが、ことごとく返ってきて、とりわけ縁が切れたと思っていた清加からも四年ぶりぐらいに連絡が取れて、それに味をしめた和也は亜沙美ともあの出来事から五年近く経っているのだから、もしかしたら返信が返ってくるかもしれないという浅はかな魂胆でメールを送ったのだ。

ただ今になってこの行為は背信行為だったかもしれないと思うのだ。送る前から薄々送らない方がいいと思っていたのにも関わらず、送ってしまうのが和也の発達障害に起因する衝動性かもしれない。

そして、亜沙美にメールを送って、当然のように返信が返ってこないとひどく落胆するという和也持ち前の自滅型を今もやってのけているのである。

メールを送ってしまったことが亜沙美との暗黙の了解や無言の約束を破ってしまったようでひどくバツが悪いのである。

とはいえ、反省も必要だが、和也にも和也の事情があり、亜沙美に対してもそこまでひどいことをしたわけでもないので、あまり気にしすぎずに、最近読んだ『歎異抄《たんにしょう》』の「悪人こそが救われる」や「人は煩悩から逃れることはできない」などの言葉を噛みしめて、風俗に行ってしまった罪も含めて、自分を慰めるのであった。

悪かった。反省している。申し訳なかった。五年前にはっきり拒絶されたのだから亜沙美のことはもう忘れよう。もうこれ以上嫌な思いさせたくない。メールアドレスも消そう。昔の携帯も捨てよう。本当に申し訳なかった。謝ったって許されるわけじゃないけれど。

もし将来和也の本が出ても亜沙美は読んでくれないかもしれない。でも、読んでくれると信じて精進を続けよう。わずかな可能性を信じて、亜沙美を感動させられるかもしれないと思ってこれからも文学の道を頑張ろう。亜沙美と実際に会うことはおそらくもう二度とないだろう。でも、信じている。奇跡を。亜沙美が和也の文学をわかってくれる日が来ることを。会えなくてもいいから、一秒でもつながりたい。言葉というものを通して。

小日向さん。和也は彼女にどれほど救われているだろう。彼女は優しい、時に厳しいけれど。彼女はいい加減に話さず、よく考えて思慮深く話す。彼女は長く和也の支えになっている。デイケアでメンバーとスタッフとして出逢ってから六年以上経つ。その後小日向さんが病院を辞め、NPOで働くようになって、また和也との触れ合いが再開した。和也は彼女と会える月曜日の昼一時間をとても楽しみにしている。彼女は美人というわけじゃないけれど、美しい。オシャレというわけじゃないけれど、キリッと着こなしていて気品がある。人としての風格がある。和也は今は頼ってばかりだけれど、いつかは男としても人間としても認めてもらえるようになりたい。

彼女の言葉に何度も救われている。作品を読んでもらえるだけでこだわっていたものがほどける。彼女に笑ってもらえるだけで自分は間違ってないんだと気づける。

これは一回り以上年上の既婚女性への恋なのでしょうか？

それは神様だけが知っている。

和也は少し落ち着いてきた。医師の指示によりうつの時から飲み続けていた気分を持ち上げるラミクタールという薬を飲む量を半分にしたのだ。それによって和也が最近陥っていた軽い軽躁状態に歯止めをかけようとしているのだ。ラミクタールを飲む量を半分にして五日間経つが、この効果で少し気分が落ち着いてきている。言い換えれば少しダルくなったとも言えるのだが、これはこちらを取ればあちらが立たずで致し方ないのである。結果的に落ち着いてきているのでよかったのである。

しかし、それでもソワソワや不安定さは残っており、注意や用心が必要なのである。生きるのは困難である。体調や精神の波、欲、煩悩。様々なものが行く手を阻む。その中でも和也は何とか自分が持っている理想や矜持を少しでも残せるようにもがいていた。坂口安吾の『堕落論』の言うように人は大人になるにつれて、堕落せねば生きていけないというのは本当だと思う。純粋に清廉潔白に生き続けていたら、安吾の姪のように自死してしまうことにもなりかねない。

ただ和也は今でもこだわっていた。和也も年とともにだらしなくなったり、堕落してきたが、純粋なものも失いたくなかった。それはどうすれば保持し続けられるのかはわからなかったが、これからもこだわり続けたかった。瑞々しい感性を失いたくなかった。自分を汚れた、情けない、気の弱い、ちっぽけな人間だとは自覚しつつも。


和也は踏ん張っていた。統合失調症がもたらす様々な衝動性を何とか持ち堪えていた。暴れたくなったり、叫びたくなったり、女性に抱きつきたくなったり。様々な衝動を薬の力を借りながら、または自らの意志で持ち堪えていた。和也は強かった。瀬戸際ではやってはいけないことはやらなかった。超自我がどんなに困難な時でも、しっかり作用していた。

和也はここぞという時に強かった。小日向さんにも「底力がある」と評されたことがあるくらいに。最後の最後にはいつも勝つことができた。だから、大丈夫だろう。今回もきっと乗り越えられる。

その後、和也はいろいろあり、入院している。今後その理由を話すが、和也はやってしまったのである。最後のラインは越えてないが、やってしまったのである。

だから、和也はその事を後悔し、病棟内で一人打ちひしがれていた。

簡単に言ってしまえば、また暴れてしまったのだ。しかもあろうことか甥っ子の前で。人こそ殴らなかったが、冷蔵庫とふすまを繰り返し殴ったのだ。冷蔵庫は壊れなかったが、リビングと亡き父の部屋を隔てるふすまをビリビリに壊してしまったのだ。

姉との口頭のやり取りの行き違いや溜まっていた疲れとストレスのせいで、破裂してしまったのである。野獣のようになった和也を止めようとした姉とは押し合いへし合いになり、見ていた甥っ子は泣き喚き、半ば地獄絵図のようだったのである。

その後落ち着いた和也であったが、危険を未然に防ぐため姉や甥っ子としばらく距離を取るために、自ら入院を志願したのである。

そして、今入院三日目の夜なのだが、だいぶ落ち着きを取り戻してきた。一番の心配事だった甥っ子も当日はしばらく夜中まで興奮して寝なかったらしいが、その後普段通りご飯も食べ、睡眠も取れているようなのである。

喧嘩というのはやはりどんな場合にも理由があり、大体において喧嘩した双方に問題と責任があるということも頷いて頂けるところだろう。今回の場合もまさしくそれで、一方的に和也が悪いように見えるこの一件も姉にも多少の責任はあるのである。

作業所などで疲れて帰ってきた当日の夜、和也は夕飯を食べ終え、甥っ子を抱いた姉などと野球の日本シリーズを見ていた。疲れからか少し興奮していた和也は酔っぱらいのように姉に絡んでいた。

「大樹（甥）と一緒に散歩するのが夢なんだ」

「大樹が大人になったら居酒屋行きたいな」

などと。それに対して姉はあまりよろしい返答をしてくれないばかりか、ろくに返事すらしない始末。それに気を悪くした和也はさらにしつこく質問する始末。姉は和也より日本シリーズに興味があるらしく、和也のストレスは募《つの》るばかり。

姉は日頃より統合失調症などでろくに働けない和也をあまり良く思っていない節があった。プライドが高く傷つきやすい和也はいつもこういう姉の言動に傷ついていたのだが、姉はあまりそのことには気づいていないようで、余計それが和也をイラつかせるのであった。

母と違い姉は和也の病気にはあまり理解を示してくれず、だらしない和也を怪訝《けげん》に思っているように和也の眼には映るのであった。

かわいい白イルカのようなこの女を和也は心の底では愛していたが（姉は基本的には寛容で優しい）、どうも相性が悪いのである。噛み合わないというか入れ違うのである。だから、今回のような事態に陥ってしまったのである。

あれから和也は退院した。退院した後に安定した生活の見通しが立ったわけではなかったが、入院は入院で大変ストレスが溜まる環境だったので、はかりにかけた結果退院を選んだのだ。

退院してから一週間が経った和也であったが、体調は一進一退だった。戻ってきた家庭という環境も姉や甥っ子、少し呆けた祖母などのストレス因子になる人物がいるので、決して休まる環境とは言えなかった。

困難な中で和也は少しずつ価値観が変わっていった。大きな夢を見るというより小さな希望を大切にするというような生き方をしようと思ってきた。

あまりあれこれ望まず、与えられた小さな幸せで満足し慎ましく暮らしていくというような生き方に憧れていった。それは和也も人生でそれなりの経験をして（異性関係も含めて）、他者が持っている物や、している生活が羨ましいというよりは、自分ができている生活や目指しているものがある人生というものの方が、自分には合っているように感じるようになったからだ。

あまり多くの物を持たず、少ない財産で、質素で整った生活をし、文学道を誠実に邁進する文士になりたいと今の和也は思っていた。

今までは多くを望み過ぎていた。そんなに多くは誰も与えられないし、そもそもいらないのだ。無理なことは無理だし、頑張る生き方の苦しさや矛盾も感じ始めていた。東洋の思想への興味も湧いてきた。禅や仏教や茶道、華道、武道などの文化への興味も湧いてきた。

和也は変わってきていた。もう一つ大きな人格に変容しようとしているのかもしれなかった。小さなことが段々どうでもよくなってきた。頑張っても、地団駄踏んでも変わらないことは変わらないし、川の流れのように何もしなくても流れるものは流れるということも段々わかってきていた。自分がこの大きな世界の中で生かされている何気ない存在で、翻弄されることもしばしばある小さな存在という認識をいい意味で持ててきた。

和也は少し疲れていたが、静かな落ち着きのある日々を過ごせていた。あまり多くはいらなかった。今は落ち着きのある平和な小さな日々を欲していた。今日会ったアキラは公私共に順調そうだったが、そのことにも和也は前ほど心乱されずにいられていた。

和也は今はあまり何も求めていなかった。刺激は今はもうたくさんだった。今は普通に散歩したり、勉強したり、人と会ってお茶するぐらいで十分だった。

自分が人生で本当に求めているものは何だろうか？　そんなことを最近の和也は考えていた。それはもちろん中々難しい問いだが、和也はおそらく大層なものは求めていなかった。家族や仲間を大切にし、平和を願い、勉強を積み、文章や言葉で人を幸せにしたかった。和也はそれほどの才能を有していなかったかもしれないが、自分の言葉で人を幸せにできた時に感じる幸せは人一倍だった。喜んでもらえると、本当に嬉しかった。

お金をかけず、自らの手でギフトを作れるというのは本当に幸せなことだった。会社をクビになり、入院もしたこの一年だったが、誰かに喜んでもらえる手紙をたくさん渡せたこの一年は和也にとっても収穫の年だった。そして、してきた苦労は人間味として集約される気がした。

和也はおそらく成長していた。生き方がより本質的になってきた。多くを求めず、本当にしたい生き方をできるようになってきているのかもしれなかった。今の自分や自分の生き方、囲んでくれる仲間や環境に満足していた。激動と言ってもいいこの一年の最後に小さな平和に満ちた日々が待っていた。

クリスマスソングが流れる駅ナカのカフェは静かで暖かく平和に満ちていた。忙しく流れる現代の中で和也はゆっくり生きていこうと思うのであった。

和也はあれから心乱されていた。アキラが成功しかけているからである。アキラの兄と出版した雑誌も増刷となり、その他にもポスターの依頼などが随分舞い込んでいるようなのである。本来それらのことを喜ぶべきなのだろうが、和也は面白くなかった。アキラはビル清掃の仕事も順調に続けられていて、会っていて余裕すら感じさせた。それは最近まで入院していた和也とは雲泥の差だった。

アキラは本質的にいい奴だったから、和也のことを気遣ってくれたり、自慢などを控えてくれたが、余計そのことが今いる位置の差を示しているようでひどく落ち込む和也だった。

ただ和也はアキラのように現世での成功を第一に標榜しているわけではなかった。アキラはいい奴（たとえば誠実、真面目、優しいなど）なことは間違いないが、現世での成功（女にモテる、絵が評価される、金持ちになる）に傾きがちなところがあった。和也はアキラのそういう部分に少し首をかしげる時があった。アキラはこれからも頑張ろうとしていたけれど（もちろんそれはそれで悪いことではないのだが）、和也は今はゆっくりしたかったし、あまり頑張るような生き方はこれからはしたくなかった。

本質的になりたかった。文学も誰かに評価されたくて、書くんじゃなくて、自分の内側から湧き出る動機によって書きたかった。世の中での成功というのは三十歳の和也にとってやはり魅力的に映る事象だったが、ただそれは同時に少し生臭いというか、あまり綺麗に見えないというのも事実だった。

和也はこの世での成功を諦めたわけじゃなかったが、やはりそれは第一に優先されるべきことじゃないと思ったし、急がば回れで今はゆっくり休んだり、マイペースで勉強と創作に向かおうと思うのであった。

和也は悩んでいた。何に悩んでいるかもわからないぐらい悩んでいた。アキラの成功を素直に祝福してやれない自分や人にメールし過ぎてしまう自分や返信を持ちきれない自分。そんなすべてのことに悩んでいた。

でも、少しずつ和也は受け入れていった。アキラの成功も、メールをし過ぎてしまう自分も返信を待ちきれない自分も。自分で悪いとわかっていてもやめられないから半分諦めることにしたのだ。自分はそんなに立派でもなく完成された人間でもなく、煩悩にまみれた弱い不完全な人間であるということを。

世の中でも成功したいし、女にもモテたいし、お金も欲しいし、オシャレな服も欲しい、尊敬されたいし、何より愛されたい。

和也はかっこはつけていたが、結局は一人の欲にまみれた未熟な青年だった。かっこばかりつけて、本質はなく、理屈ばかりで、実体はなかった。

でも、今はそれでよかった。和也はきっと将来はそこから脱皮し、少しは何かを語っていい人間になれるはずだった。今している地道な努力や嘗《な》めている苦汁、それらが何らかの形で結実するはずだった。

和也はまた「カウンセリング」というものに直面していた。こんなに辛い思いまでしてカウンセリングを受け続ける意味があるのだろうか？

カウンセラーにイラついていた。おそらく六十代後半のこの辛辣な女性は中々に和也の痛いところを突いて、凹ませるのである。

それが中々ピンポイントに的を射ているから、和也はその場では言い返せず、当惑し、家路に就いてから、激しく苛立ったり、落ち込むのである。

通常はその苦しみをカウンセリングの当日を含めて、その次の次の日ぐらいになれば、受け入れて、一つ大きな人格になるのであるが、その苦しみは尋常じゃないのである。

時には苦しさで道端で奇声を発してしまうことや、車の助手席に座っている時にダッシュボードを思いきり叩いてしまうこともあるぐらいだ。

結局は信頼していたけれど、和也のカウンセラーへの想いはそんな綺麗な言葉で片付けられるようなものではなかった。

カウンセリングというのは、クライアントとクライアントの鏡になるような立場で向かい合う中立なセラピストという二人が小さな静かな部屋で向き合い、話をする（時には格闘する、対決する）ものだ。

和也とカウンセラーはもう五年以上のつきあいで、ややお互いというものを知っていた。

だから、和也はこのカウンセラーの素の部分（意地悪な部分、あまのじゃくな部分）を嫌というぐらい知っていて、味わわされる痛みや苦《にが》さもどこか馴染み深いものになっていた。

今はこの女が憎かったし、悔しかった。だから、しぶとく生き抜いて、いいところを見せつけて、安らかに死んでもらおうと思うのであった。

只木さんと会っているこのクリスマス・イブの夜も和也の心中は穏やかではなかった。和也はカウンセラーに対して疑いの想いを持っていた。本当に和也のためを想って、カウンセリングをしてくれているのだろうか？　腕は確かなのだろうか？　見立てが外れているのではないだろうか？　そして、今更になって相性はいいのだろうか？

和也はこの女のことが嫌いになりかけていた。和也は最近は何よりこのカウンセリングで怒りや落ち込みを掻き立てられていた。日常は平和なのにカウンセリングの後は、気持ちが逆立っていた。

このことを和也はどのように考えればいいのだろうか？

カウンセリングは確かに有益かもしれない。ただ今和也はカウンセラーに対してのフラストレーションが限界を迎えていた。キレて暴発しかねないほどに。

カウンセラーは和也の苦しみを軽く見積っている気がした。わかってもらえている気がしなかった。アドバイスは的外れだった。このカウンセラーの資質を疑うこともしばしばだ。

ただそれらのカウンセラーへの怒りや不満は和也の人間としての未熟さや乗り越えるべき課題を示すものかもしれなかった。

大晦日。和也は只木さんと大晦日を過ごしていた。充実した安定した年末だった。あの後、結局カウンセラーとも和解したし、アキラとも円満に飲み会を楽しめたし、迎文社の岡山さんとも身のある話ができた。また竹内さんという四十歳のデイケアの頃からの先輩ともお茶を楽しめた。そして、大晦日は只木さんといつものように照日台《てるひだい》という少し寂《さび》れた街をブラブラしている。

カウンセラーは結局は愛のある人だが、厳しい人だ。甘いことは言ってくれないし、あるがままを伝えられる。時には耳にしたくないことも。でも、和也はそれでもカウンセリングを続けていこうと思っていた。このカウンセラーは結局は真実があるし、誠実だからだ。いざという時、逃げずに受け止めてくれる。これからもカウンセリングで痛めつけられることも打ちのめされることもあると思うが、カウンセラーと自分を信じて続けていきたい。きっとこの営みが将来の自分自身や人生に生きてくると思う。

アキラ。この男は結局和也にとってかけがえのない人物である。アキラのいいところは自分を大きく見せたり、見栄を張らないところだ。謙虚だし、自分のかっこ悪いところもあまり隠さずに見せてくれる。だから、自然と場が和むし、こっちもリラックスできる。

前会った時と印象が変わって、アキラもそこまで人生が好調というわけではないようだ。雑誌が増刷になったとはいえ、自分の絵には満足できてないようだし、未来に対してネガティブに考えてしまうことは今でもよくあるようだ。「アキラとはずっと友達でいたい」と二〇一七年の年末に改めて思う和也だった。

迎文社の岡山さんという人はつかみどころのない人だ。はっきりとしたことはあまり言わず、いつも何となくかわされるイメージを受ける。でも、何となくそれなりに和也のことをかわいがってくれているようで、和也も岡山さんのことをそれなりに信頼していた。岡山さんは和也の筆力もそれなりにだが、認めてくれていて、ほんのりと応援してくれる。たぶんはっきりしたことを言うと、そうじゃない時と比べてリスクを多く伴うから岡山さんは控えているのだ。とはいえなんとなくの微妙なそれでも温かい関係が二人の間にはできあがっていた。

謹賀新年。和也は新年早々カウンセラーに痛めつけられていた。というよりカウンセラーを鏡として素の自分を目の当たりして、落ち込んでいた。

人の反応を気にしすぎるところ、自分の意見や考え方に自信が持てないところ、罪の意識を多く持っていることなど。

今回のカウンセリングで和也はカウンセラーが内側に入ってくることを拒絶した。嫌だったし、恐かったのだ。疲れていた。傷つくことに。

カウンセリングをこの先続けていけるか？　ということに再び悩んでいた。続けていくべきなんだろうけれど、心と体が拒絶していた。カウンセリングの後に最近は毎回のように訪れる抑うつ状態は中々にしんどいものだし、慣れることはなかった。

ただここで逃げちゃいけないとも思っていた。和也の育った環境は厳しく叱ってくれる人が周りにあまりいなかった。その結果和也は甘ったれになってしまった。自分でそのことに危機感や罪悪感も感じている和也だったが、統合失調症のダルさもあって家族に甘えっ放しだった。そういう環境の中でカウンセラーは貴重な叱ってくれる存在だった。

「このままじゃいけない」それは和也もわかっていた。焦らずに、でも、少しずつ変わっていかなきゃいけない。そう思っていた。ただ今は何もやる気がしなかった。ゆっくりしていたかった。破裂しそうになる罪悪感を抱えたまま。

それでもとにもかくにも和也は生きていた。初めて本格的に死にたいと思った十九歳からもう十一年が経っていた。大きな深い川に入っていったこともあったし、大晦日の東京の街をあてもなくフラフラ十時間くらい歩いて横断したこともあった。頭の中で何度も死ぬ瞬間や場面を想像した。でも、結局はこうして生きている。

和也を苦しめるものに過度の罪意識というものがある。その理由がどこから来るのかはわからないが、和也は物心ついた時から、毎度のように自分を責めてきた気がする。苦しい人生だった。とても苦しかった。それを「死」によって終わらせたいと思うほどに。反省するのが癖になっていた。これは小学校の頃の担任（または内装業を営む伯父）の影響も少しはあるのかもしれない。罪悪感。この罪悪感はどこから来るのだろう？

カウンセリングから数日して、和也は持ち直してきた。只木さんや竹内さんと会って話したのが功を奏したのかもしれない。

竹内さんは飲食業や洋服のデザイナーをやっていた人で社会経験豊富で包容力があるので頼りやすい。痛んでいた和也を何気なくそっと労わり、書きかけのこの小説なども読んでくれ、背中を押してくれた。

竹内さんも今は就職活動を控え、ストレスも多いらしいが、それでもこちらを気遣ってくれてありがたかった。

竹内さんは優しい人だ。優しすぎるくらい。もっと自分に専念した方がいいんじゃないかとこちらが言いたくなるくらい。竹内さんは自分でもそういう性質に気づきつつも今のやり方を守ってきた。病気の人というのは自分のやり方にこだわる人が多い。それはよくないことかもしれないけれど、逆に和也はかっこいいことだとも思うのだった。


和也はいつものように落ち込んだり回復したりを繰り返していた。前回のカウンセリングで示された課題や自分の弱点については時間をかけて、ある程度受け入れられるようになったが、新たな落ち込む原因として体脂肪率の増加ということが持ち上がってきた。和也は体脂肪率が二五・五％になり、ついに軽肥満から肥満のカテゴリーに移ってしまった。今朝その測定があり、和也は一日中憂鬱とともに過ごさなければいけなかったのである。

ただ和也は最近はジムにも通い出し、少しずつ体力もついてきているので、食べ過ぎなければ自然と体重や体脂肪率も落ちてくるだろうとも思うのだった。

とはいえ和也は心配性だったので、肥満による病気などに心を憂えるのであった。和也は文学者としての将来性などを含めた未来を憂う傾向があったので、ここにきてまた信仰というのがテーマになってきた。和也は不安だ。誰でもそうだが未来の保障がないからだ。また病気持ちで自立しているとは言い難い和也は母の死後などに思いを馳せると心配になることもあるのであった。

ただ和也は最近は信じられるようになってきていた。未来や神の存在を。人生や世の中のすべてのことに何かしらの意味があり、無秩序で理不尽なように見える和也の人生にもそれ相応の意味があるということを。そして、神や自分を裏切らなければ、信じ続ければ、きっとそれに見合った恵みが得られるということを。

和也は今までの人生にある程度満足していた。成功しているとは言い難い和也の人生だが、周囲に随分愛されてきたし、歩んできた道にも基本的に後悔はないからだ。絶望したこともあったが、要所要所で祝福とも言えるような恵みの雨を頂いてきた。そういった人生経験から和也は神の存在を感じていたし、信じることができた。神は時にものすごく峻厳《しゅんげん》だが、慈愛に満ちた存在だった。

和也は数週間平穏な日々を過ごせていた。作業所に通ったり、ジムに行ったり、トリムバレーをしたり、小日向さんに会いにクラブハウスに行ったり、只木さんや竹内さんやアキラと会ったり、本を読んだり、ノートに思いついた言葉を書き込んだり。特別精神に強烈な刺激を与えるような出来事はなかったが、静かに充実した日々を過ごせていた。ダイエットも今回の測定で、〇・五％だが、体脂肪率が減少して、肥満から軽肥満のカテゴリーに再び舞い戻ってきたのだ。

和也はあらすじとイラストで読む聖書と哲学という本を読了した。二冊とも大変興味深い本で非常に読み甲斐があり、楽しめた。和也はその二冊の本を通して、自分の立ち位置というものを再び考えさせられた。

私は信じているのだろうか？　クリスチャンに将来なるのだろうか？　等々…。和也は影響されやすい人間だったので、聖書を読んでいる時はすごく神聖な気持ちになれて、瞬間的にクリスチャンになるのだが、ニーチェやキルケゴールなどの考えに触れると、懐疑主義や無神論が自分に染み入るのだった。

果たして神はいるのだろうか？　ただやはり和也は神の存在に対してはあまり疑っていなかった。疑う時ももちろんあるのだが、自分の人生が人知を超えたもっと大きな存在に支配されたり、守られたりしているような気がしていた。最後には結局全部が帳尻が合っているような気がするのだ。真面目にやっていれば結局は回収することができ、道徳や掟に反することをすると結局は裁かれる、そんな価値観や道徳律が和也の中にはあった。

生きていた。真面目に真っ当に。いろいろな観念や思想に時に揺さぶられながら、「自分」の考え方や哲学やスタイルを固めつつあった。独立した一人の人間、「佐々木和也」を打ち立ててきた。強くはなく弱気で、移り気ながら、一本芯の通った人間を立ち上げてきた。今は今に満足していた。軽肥満ながら、基本的には健康で、睡眠リズムが不規則なこともあるが、精神的には今までになく安定してきて、さじ加減というものがわかってきた。

交友関係もアキラや只木さんの他に竹内さんとも重要な関係を築けつつある。女友達も少しはいる。彼女ができそうな気配はないが、それは今後大学の聴講生をやることや再就職すればできるかもしれないので、焦ることはないだろう。

和也は人生が彼に与えるものの意味を知ろうとしていた。私は何をするために生まれてきたのだろう？　何がしたいのだろう？

とにかく和也は今は勉強がしたかった。哲学がしたかった。神（絶対者）のことをもっと知りたかった。人間というものをもっと知りたかった。人生というものをもっと知りたかった。自分というものをもっと知りたかった。

人生がある地点に達してきたのを和也は感じていた。青年期の懊悩《おうのう》というものが終わりを告げ、爽やかな日の出が見えた。できないことを受け入れられるようになり（どうでもよくなり）、したいことを見極められるようになり、自分に満足することを覚えた。できることがわかるようになり、本当にやりたいことに対して正直になれた。

和也はこれからは「自分」のために書こう、「自分」のために生きよう、「自分」を大事にしようと思うのだった。他人からどう思われるかはあまり気にせず、自分の「こころ」に正直に生きようと思うのだった。自分を必要以上に飾ったり、嘘をついたり、偽善はやめようと思った。媚びへつらうような文章もやめようと思った。自分が納得できるものを創ろうと思った。それまでゆっくり時間をかけて出版しようとも思った。要するに力を抜いて自然体で生きようと思うのだった。

和也の今一番の課題は文学でも仕事でもなく、「ダイエット」だった。和也は中々痩せなかった。ここ二、三年で一〇kg以上太ってしまった和也は、ここにきてさすがに危機感を覚え、食べ物に気をつけたり、ジム通いに精を出していた。しかし、中々痩せなかった。週に二、三回通うジムでも一日一時間弱走っているというのに体重はやや増加傾向、体脂肪率は横ばいだった。三十一歳になった和也は年齢による基礎代謝の減少によるのかはわからないが、昔のように簡単に痩せることはできなかった。ヘルシアなども飲んでいるが、その効果はあまり実感できなかった。ただ少しずつ体力はついてきているので、少しずつ運動量を増加させることによって、この困難を克服していこうと思っていた。

ところで、和也は最近印象的な夢を見た。亜沙美と逢ったのだ。古代の石造りの神殿かあるいは高校の教室のようなところで、和也が渡した青い（あるいは藍色の）ドレスを着て、エメラルドグリーンのメノウのようなペンダントを身につけた、（モナリザのような斜め四十五度の角度の似合う）

亜沙美と緊張せず対等な目線で話していた。亜沙美は『ソクラテスの弁明』を読んでいた。亜沙美はすごく綺麗だった。だけれど、自然で素朴なままだった。

とにかくこの夢は鮮明で、すごく鮮やかな夢だった。この夢から覚めた時、和也はもう自分は今までとは違う地点にいることを感じていた。

和也は今はもう評価はどうでもよかった。他人からどう思われるかについて前ほどこだわらなくなっていた。それは自分のことは自分がちゃんと知っているということに気づいてきたからだ。

作品の良し悪しも誰かの評価を仰ぐ前に自分でわかっていた。また、自分という人間のズルさや矛盾も段々認識してきた。自分の長所や短所、特徴、弱点なども前よりわかるようになってきていた。

今はこのまま進んでいけばいい。地道に一日一日積み重ねていこう。続けていった先にはきっと期待以上のものが待っているだろう、そう思う和也だった。

この小説を中断して、二ヵ月くらい経ったわけだが、和也はまずまず順調に日々を過ごせていた。クラブハウスを小日向さんが退職する際に、手紙をもらったり、作業所に無難に通えていたり、ジムで体を鍛えたりしていた。

中でも小日向さんの手紙は、和也との約七年のつきあいの中で小日向さんが和也に感じていたことが、率直に直接的に書かれており、読みながらドキマギしたが、その裏側には信頼と愛情が隠れていたので、かなり嬉しかった。小日向さんは和也の譲れないところがあるところや時に他者に対して攻撃的で敵意をみなぎらせているところも含めて認めてくれていて、その上で和也の真理を探究するところや文学への熱情を励ましてくれていた。

この度の小日向さんの手紙はありのままの和也をそのまま受け入れてくれて、わかってくれる人がいることを如実に証明していて、和也にとって随分心強かったし、自分も捨てたもんじゃないと思わせてくれた。

話は変わって作業所のことだが、和也は無難に週二回作業所に通えていた。弁当配達・回収の補助というかなり軽微な労働だが、生活のリズムを整えるためという意味でも、和也は今の作業所での生活にそこそこ満足していた。

スタッフの立川さんと一本木さんはそれなりに信頼のおける人だった。立川さんは和也より五歳年上の男性で、不良や美容師、焼き鳥屋などをしていた少し変わった経歴の持ち主で、和也とは思想の点で異なるところも多い人だが、いざという時に頼れる人だった。一本木さんは五十三歳の三児の母でいつも笑っていて、場を盛り上げてくれる優しい、みんなのお母さんという存在だった。

「あさがお」という和也の通っている作業所は、精神の障害だけじゃなく、知的障害やダウン症などの方も通っていて、少し混沌とした場だが、あまり制約はなく、そのぶんみんなリラックスしていられる、みんなの「居場所」だった。

それと同時に「あさがお」は少し停滞した場でもあった。草刈りや弁当配達・回収、デイサービス利用の高齢者の補助業務、病院清掃などの仕事で、みんなそれぞれに仕事を頑張っていたが、なぜかリビングのような休憩所で歓談している様子は少し停滞感を感じさせるものだった。

精神病薬の副作用からか太っている人も多く、またアニメや戦隊系などのオタク系の文化で盛り上がっている人も見受けられた。あまり溌剌《はつらつ》とした活気はなく、少し「溜まり場」化している気もした。

ただそんな中でも、苦手な算数や国語に打ち込む青年や懸命に労働に励む女性などもいた。介護ヘルパー二級の講習をこれから受ける若者もいて、「あさがお」も少しずつ活気を帯びてきていた。その流れに便乗するわけではないが、和也にも就職に関する話が舞い込んできた。

その話は和也の居住している市の事務補助の仕事で三年の契約でその後のステップアップを応援するという趣旨のものだった。

和也は少しずつやっていこうと思うのであった。あれから市役所の事務補助に関する仕事の話は進展して、事前面接を通過して、再来週からは一週間の実習だ。体調管理に関してはやはり不安もあるが、仕事場が家から自転車で十数分であることや、市の同じ課である職員が顔合わせの時の印象として障害に少し理解がありそうなことも心強かった。

その後、和也は現在実習をしている。現在四日目が終了した時点なのだが、今のところ休まず通えているし、仕事も順調にこなせている。コーチング・スタッフの人も丁寧な指示でやりやすかった。ただ一人気になる人がいた。花田さんという五十代くらいの女性で、優しいのだが、指示が細かいのだ。最初から求めるものが高く、困惑した。

和也はその後めでたく採用されて、そこで最初の二週間を終えた。そこで懸念された例の花田さんとも何とか無難に関係を保てていた。作業中にあまり話しかけてこないでほしい（和也は障害特性上二つのことを同時にできないので）と伝えたり、和也が花田さんを苦手にしていることを他の職員に伝えていたので、花田さんと二人でペアでやる仕事は偶然かもしれないが、少ない気がした。

仕事は難しくはなかったし、通勤も自転車圏内、週五日、一日五時間だったが、一作業が終わった後五分程度の休憩をもらえるのも有難かった。花田さん以外の上司や同僚は和也にとってやりづらい人は今のところほぼいなく、適度にエアコンの利いた静かな広々とした市役所というオフィスは和也にとって中々居心地のいい場所だった。

和也は頑張っていた。というか粘っていた。花田さんや上司の大松さんの少し鈍感な和也の障害特性にあまり理解のない言動に繰り返し傷つき、欠勤や早退を重ねたが、何とか長期的な欠勤にはならず、一日や二日の病気休暇で留めていた。

そして、そんなこんなで三ヵ月と一週間が経った。三ヵ月程度で辞めることもあった和也の経験の中で、今度の就職は少しずつ成功体験という色づけをされることになってきた。

チームの花田さんや大松さんや金森さんや和也と同じ立場で働いている剣堂さんなどは少しの緊張関係がありながらも穏やかで朗らかな信頼関係が育まれてきた。

役所とは和也がこれまでいた商業主義的な数字第一の民間企業とは違って、働く人の権利が尊重され、ある意味では守られているように感じられる有り難い環境だった。それゆえのたるみや淀みや沈殿性なども感じられないわけではないが、基本的に職員は真面目で誠実で基範意識が高いように感じられた。

和也はあれから相変わらずたまに早退や欠勤をしながらも何とか働き続けて、働き始めて五ヵ月弱が経った。その間、花田さんや剣堂さんなどとの係わりによるストレスを被《こうむ》ったが、時には欠勤などを使いながら何とかしのいできた。コーチング・スタッフという一番密な関係にある金森さんとは蜜月と言ってもいいぐらい安定した関係を築けていたし、データ入力や掃除などの業務では評価されたり、実績を残せていた。仕事の面白さや充実感を感じていた。

地元の市役所という場所的にも環境的にも恵まれている今の条件の中で、和也は伸び伸び自分を発揮し始めていた。

それは仕事に限らず文学に関しても言えることだった。就職後、創作のペースこそ鈍ったが、読書や詩、短文、ブログ執筆はマイペースで続けていて、それは文学における「実力」を伸ばすことにつながっていた。

そのことが結実した出来事があった。それはあの迎文社の佐藤さんに認めてもらえたのだ。佐藤さんは以前から和也をかわいがってくれていたのだが、和也の筆力や将来性に関して、手放しでほめてくれることはなく、時折与えられる賞賛の言葉もどこか歯切れの悪いものだった。ただ今回は違ったのである。与えられる賞賛の言葉には「真剣味」や「真実味」があったのである。「間違いなく伸びているし、将来が楽しみ」「プロというのもありうる」という佐藤さんの言葉は和也を歓喜の絶頂に導き、将来が約束されたかのような気持ちにもなったのである。次の出版までに少々まとまった額の金額を貯めなきゃならないのは簡単ではない壁だが、絵空事のようにしか見えなかった夢も急に現実味を帯びてきたように感じられるのであった。

ただこのような流れの中で調子に乗って、自滅するというのが和也のお決まりのパターンなので、そこは気をつけたい。

和也はあれから頑張って、二〇一八年を終えようとしていた。早退や欠勤は減ることなく定期的にしてしまっていたが、市役所というのは和也がこれまでにいた様々な民間企業より勤怠に対してはるかに寛大で、あまりおとがめも受けず、雇用を継続してもらえていた。

七月から勤務を開始したので、もう半年勤められたことになる。貯金も少しずつだが、着実に貯まっていた。うまくいかないことの方が多かった和也の人生の中で嘘のない充実感のある年越しを今年は迎えられていた。

年が始まって、三週間が過ぎた。出だしこそ順調で去年から一ヵ月程度無欠勤で通せた和也だったが、風邪を引いて、ダウンしてしまった。深刻な症状には至らずも、のどの痛みやダルさが中々取れず、仕事にも向かえず悶々としている、いつもの和也がいた。

職場での人間関係にも慣れ、花田さんへの苦手意識も薄れ、剣堂さんのやめる、やめない論争のすったもんだも「続ける」という一応の決着を見て、安堵した和也だったが、新たな問題が持ち上がっていた。「倦怠感」である。

根が真面目な和也は職場でも普通の人以上に気を張っているところ、つまり緊張しているところがあって、またプライベートでも友人との交流においても創作や勉強においてもとにかく着実に目標に忠実に進むという性向があった。

和也はそんな日々に疲れていたし、飽きていた。この「倦怠感」を打破するためにも何かイベントや具体的な日標が欲しかった。そんな中で降って湧いたように出てきたのが、来年初頭における出版という案件だ。

一月末に和也は最近特に懇意にしてもらっている迎文社の佐藤さんを訪ね、原稿や詩、短文、ブログに目を通してもらったのだが、特にブログに喰いついてくれて、和也の可能性や将来性、現時点での力などを激賞してくれた。「担《かつ》がれているんじゃないか？」と疑いつつも、単純で素直な和也は喜びを隠せず、帰りの電車で恍惚感の中でしばしぼぉーっとするくらいだった。

ところで、ここからが本題だが、そんな話の流れの中で佐藤さんが提案してくれたのが、迎文社の年度末である二月における契約と来年初め頃の出版というものだ。

佐藤さんが社内で和也の作品の価値や有望性を喧伝してくれたり、今は迎文社の編集方のトップ「編集長」になった岡山さんが後ろ楯になってくれたことも手伝ってか、新人作家の発掘・育成などを対象とした基金から少額を援助してもらえることになり通常より随分安めの金額で自費出版できるという契約だった。

しばらく迷ったが、ある意味ほとんど迷わずに和也は出版を決断した。一年であと数十万円貯めなきゃならないのは壁だが、ここまでお膳立てしてくれたのだから、「ここでやらなきゃ、いつやるんだよ」ともう一人の和也が呟いたのだ。保証制度などもちゃんとしていて、いざと言う時は返金してくれるという条件も決断を後押しした。

そして、和也の夢はもう一人の夢ではないのだ。「マハロ」のT店長やKさんは「新作ができたら、出版社に感想の手紙送ります」と（本当かどうかはわからないが）以前言っていたし、小日向さんや「あさがお」の一本木さんも新作発売を心待ちにしていた。豪語キャラの和也はこれまで発言先行で空回りしがちで、情けない姿も随分さらしてきたが、ここにきて、ようやく「実力」が追いついてきたのだ。

創作に約半年、編集に約半年。納得のいく完成度の高い作品に仕上げてゆくというのは、並行して仕事をしながらの和也にとっては負担もプレッシャーも大きいが、和也も三十二歳でここが「勝負所」だと心得ていた。


クールダウン。和也は少し焦っていた。逸っていた。ここでもう一度冷静になる必要があるようだ。昨日、カウンセラーから指摘されたことは「仕事と出版の両立は精神的にも体力的にもかなりキツいんじゃないの？」ということと「せっかくようやく仕事が少しずつ軌道に乗れてきたんだから、出版は今の仕事を全うできてから（つまり二年後）、それからでもゆっくりやればいいんじゃない？」ということだ。カウンセラーは和也のことをもう八年近く見てきて、浮き沈みや過去の体調不良による退職時における落ち込みや深刻なダメージも共に経験しているので、そのアドバイスは軽んじることはできない気がした。

確かに和也は馬鹿というか、心配性でもあるのだが、基本的に楽観主義というか向こう見ずで、詰めが甘いところがあるようだ。出版と仕事という二つの異なる分野の作業を、クオリティを求められつつ遂行するというのは今和也が考えているより遥かに骨の折れる作業かもしれない。過労やプレッシャーやストレスによって、クライシスに陥ることや自分を傷つけたり、他者に迷惑をかけることは避けたかった。また、欠勤が増えることによって職場にも迷惑はかけたくなかった。

ただ、やる（出版する）つもりでいた。リスクは確かに低くないけれど、やりたい自分がいた。迎文社の佐藤さんからの褒め言葉は確かに「営業」かもしれないが、それだけではない気がしたし、自分の作品や自分の作家としての資質や将来性を信じてくれたのは嬉しかった。確かに和也は世間知らずだし、「口車」に部分的に乗せられているのかもしれないけれど、「チャンス」だとも思うのだ。

ただその「チャンス」が成功にも成長にも結びつくように、出版社にも和也の病気に対する配慮や理解をできる範囲で求めたり、安心して執筆できるように執筆や編集のスケジュールを調整してもらおうと思うのだった。

『マイペース』でやらせてもらう。

和也は結局契約書にサインし、頭金としての三分の一の金額を振り込んだ。これで出版が現実的に動き始めたことになる。不安もあるが、最大限ベストを尽くそうと心は固まっていた。

仕事の方もまずまず順調だった。早退や欠勤を月平均二、三回してしまっていたけれど、大幅な長期休暇には一度も至らず、上司や組織にとっても許容範囲内のようだった。

今の仕事も開始してから八ヵ月が経つ。朝出社して夕方帰宅するという一連の流れが体に定着し、力の抜き方も職場の人とのつきあい方も心得てきた。
和也と剣堂さんを一期生として迎えた「ホットキャスト臼井《うすい》」も発足して、八ヵ月が経ち、他の部署からの簡単だが手間のかかる業務依頼を続々とこなしてきた結果、信頼を勝ち得、多忙を極めるほどだった。ただスタッフに無理をさせることはなく、マネージャーやコーチング・スタッフ総出でチーム一丸となって、年度末を乗り切ろうとしていた。
趣味の剣道のおかげか前腕が異様に発達した、締める時は締めるけれど、柔和な笑顔が印象的な大松さん、最初は苦手だったけれど、今では和也とも打ち解けた、オシャレでおしゃべりな花田さん、的確な指示と冷静な判断力でホットキャストを引っ張ってきた、人情の厚い金森さん、文句を言うことも多いけれど、どこか憎めなくて、思いやりのある剣堂さん。それらの仲間と和也は時間と苦楽を共にし、不思議な一体感や仲間意識が生まれていた。また、このメンバーだからここまでやってこられたとも思うのだった。

『成長』

うまくいっているけど、
未来のことはわからない
中途で風向きが変わるかもしれないし、

大幅に崩れるかもしれない
人間、成長はするけど、
そんなに変わることはない
土壇場では強い私だけど、
安定感には欠ける
基本的には素直な私だけど、
正論ばかり言ってくる大人には嫌気が差す
「あんたらがとっくに手放したものを今でも俺は持っているから、苦しいんだよ。
その苦しさはあんたらには想像もつかないだろうよ」
と心の中ではき捨てる
ただそういう大人達も様々な試練を経て、
真っ当な良識と人情を兼ね備えているということは今では私も知っていた

和也は悩んでいた。ここにきて、創作上の大きな問題にぶつかっていた。プライバシー問題である。和也の現在書いている、出版しようとしている作品は私小説であり、ほぼ全て実際にあったことをモデルに描かれている。そこには登場人物に対しての敬意や愛情だけでなく、辛辣な批判や侮蔑とも言えるような冷ややかな想いや感情も描かれていた。それらは現段階では当人が読んだら、まず間違いなく自分とわかるであろうし、当惑するだけじゃなく、怒りをぶつけたり、大幅に傷ついてしまうことも考えられた。それはもちろん和也の意図するところではないし、避けたかった。事実を書き換えつつ、リアリティを維持する、またはより一層現実味をもたせるというのは頭で考えただけでも困難だった。

私小説を現実以上に立体感をもたせ、それでいて、現実を描き切るというのは現段階の和也にはできるかできないか、ボーダーラインの課題だった。

世間に遠慮することで、周りに気を遣いすぎることで、読者に媚びることで、作品を台無しにはしたくなかったし自分をすり減らすこともしたくなかった。まず何よりも自分のための出版なのである。自分の作家としての「良心」には背きたくなかったし、読者にも嘘はつきたくなかった。

和也は求められていた。作家としてのモラルを、意地を底力を。大人としての責任ある態度と姿勢を。

「悩めばいい、大いに悩めばいい……」とたじろぎつつの苦笑いを浮かべながら、和也は和也につぶやくのであった。

悩みながらも和也は歩を進めていた。就職して節目の九ヵ月が過ぎ、新体制で迎える四月は期待と不安がないまぜになりながらも楽しみだった。

職場でもお世話になった人への挨拶や感慨深い握手などもあり、仕事に対しては比較的ドライな和也でも感じるところが多かった。またこれから配属される人との出逢いも楽しみだ。「カウンセリング」では相変わらず痛いところを指摘されるが、「まぁこの人なりの愛情なんだろう」とか「今までも結局言われてきてよかったしなぁ……」と思い、グッと堪えてきた。この人は仕事に対しては誠実だし、口だけの大人とは違い、言行一致な部分も認めざるをえなかった。

最近、和也はいろんな大人を認めてきていた。認めざるをえないと言ってもいい。責任を担い、社会が定めた通念やルールに則り、日々役割を果たしていく彼らに昔は反感や憤りしか感じなかった和也だが、自分も年を取り、日々の仕事という役割を担ってからは、責任を持つことや労働の大変さを身を以て知り、文句ばかり言っていた過去が恥ずかしくなったりもした（ただわがままで無鉄砲だった過去の自分もそれ相応の正義というか言い分もきっとあったんだろうなぁとも思い返すのだが）。

波打ち際では風が吹いていて、和也やアキラや只木さん、竹内さんの髪を揺らしていた。西日が射し込み水面《みなも》が照り映えていた。みんな精神病などを患い満身創痍ながらも誰一人夢は諦めていなかった。弱音は吐いていても言い訳にはしなかった。愚痴は言っても最後は自分を見つめていた。

みんな、すごく難しいものを目指していた。ある意味で形にならないものを追いかけていた。アキラの画道も只木さんのキリスト教信仰も竹内さんのよりよい社会の実現も。鼻で笑う人もいるだろう。和也だって半信半疑だ。ただ彼らの真剣にそれらと向き合う「眼」を見ていると今さっき嘲笑した自分を恥じることになるのだ。夢を追う人間は素晴らしい。そして、夢を見るのは子供だけに与えられた特権ではないのだ。

「俺達はどこまで行けるだろうか？」朱色に染まる水平線を眺めながら、アキラがつぶやいた。

それに対して誰も何も言わなかった。ただ夕陽がもたらすひだまりの中で肯定的な沈黙だけが漂っていた。

質ばっかりにこだわるのやめよう！

新年度の四月が始まって、二週間が過ぎようとしている。人事上で大幅な動きはなく、相変わらず平穏というか順調に日々を消化できていた。欠勤も少しずつ減ってきて、少し自信を持ち始めてきた、和也だった。

出版に関しては現在は新しい部分の創作だけでなく、過去の部分の見直しや書き換え作業を行っていた。信頼できる年上の知人の「今のまま出版するのは危ない。人間関係を壊してしまいかねない」という忠告に基づき、推敲を重ねていたが、面倒臭い作業であると同時に今まで書いてきた作品を丹念に繰り返し読むことにもつながり、三年前に何の気なしにろくに展望もないままに書き始めたこの作品がもうすぐ、九ヵ月後には日の目を見るのだなと思うと子供の成長を見守る親のように感慨深かった。

和也は今人生で見晴らしのいい地点にいるような気がした。仕事も安定し、様々な人とも友好的な関係を維持できていた。

中でも迎文社の佐藤さん、岡山さん両名とは信頼関係を育んできた。人当たりのよい、誠実な佐藤さんには和也の作品を理解してくれることも含めて、ほぼ一貫して好印象だったのだが、和也はどこかで佐藤さんを舐めているところがあって、文学に対する審美眼や仕事に対するプロ意識に関しては過小評価を下していた。ただつきあうにつれ、認識を改めていった。パンクバンド崩れで、みんなが就職する時期になると、夢もポリシーも捨て、ためらいもなく、革ジャンをスーツに着替えたんだろうという和也の子供じみた妄想はたぶん真実を捉えていなく、佐藤さんも思春期や青年期の逡巡や懊悩の末、自らの道をようやく見出し、現在の仕事にやり甲斐や誇りを持ち、生きているのだろう。仕事上の立場でも妻を持つ夫としての立場でも責任を担い、そんな忙しい中でも、和也や和也の作品を買ってくれ、個人的とも言っていいぐらい肩入れして、応援してくれるのは有難かった。白魚のような整った綺麗な手を持つ、スマートで、スタイリッシュなビジュアルとは裏腹の泥臭く熱いものがこの男の内側にもどうやら流れているようだ。

岡山さん。この男はまたちょっと違った色の男である。優しそうで、控えめな外見は間に合わせだけで、ルポライターや迎文社編集部で様々な経験（修羅場）を経たこの男の眼は緩んだ口元とは対照的にどこか笑っていない。

しばらく話していると、この男が一筋縄ではいかないことや度胸や経験だけでなく、該博な知識や芸術に対する並外れた愛好心があることに気づく。

ただ和也はありがちな若者よろしく、「所詮この岡山という男も人を思わず後ずさりさせ、ギクッとさせるような凄みを感じさせるものの、迎文社という自費出版を主に請け負っている、二流出版社の課長止まりの男だろう」とたかをくくっていた。

ただこの度の昇進によって岡山さんが「編集長」になったことを知り、岡山さんのルックスが小林秀雄に少し似ていることも相まって、肩書きに弱い和也は少し尊敬し始めていた。

確かに岡山さんの過去の仕事は丁寧だし、正確だった。柔らかい物腰とは裏腹のきっぱりと言い放つ意見には有無を言わさぬ説得力があった。この男もしっかりと人生を生き、自分の仕事を全うしているのだ、と思う和也だった。

このように和也は三十二歳という年齢もあるのだろうが、社会を信頼し始めていた。大人を信用し始めていた。また、自分を大切にするというのは、かっこつけたり、主張ばかりすることでなく、相手の言うことを受け入れたり、自分を守ることも含めて、行動に責任を持つことだとわかってきていた。

大人になり、社会人になり、批判ばかりする立場でなくなり、「どうやったら社会に貢献できるか？」を自分の個性や主張と相談しながら、擦り合わせるようになった。また、和也はわかってきていた。本当の個性ってそんなに簡単に剝ぎ取られるものじゃない、と。

『春の夜風』

今晩は酒を呑んだ
レモンサワー一杯
一杯だが、少し酔っぱらっている
春の夜風に吹かれながら、気持ちよく千鳥足
俺はこの先どこまで行けるだろうか？
今はなぜかそんなに怖くない
できることはやっているし、
あとになっても、後悔はないはず
航海は始まったばかり
海図も計画もない
あるのは底知れぬ　やる気と
実現を信じる気持ちだけ
笑われたこともあったし、
自分自身口だけだった

それは今もたいして変わらないかもしれないけど、
自信はついた
努力もしてきた
挫折にも慣れたし、
打たれ強くもなった
大人になって、
他者のことも考えるようになった
何もできないけど、
共感できるようになった

人生とか現実って時にどうしようもないこともあるけど、
そこでうっちゃるんじゃなくて、
「じゃあ、自分に何ができるか？」を考えるようになった
若い頃に感じていた無力感とは違う何かが芽生えていて、
流れていく車のライトを眺めながら、
これからも俺はそれを大事にしていこうと思った

和也はその後順調に日々を過ごしていた。欠勤もだいぶ減り、月一日程度になった。仕事上でもほとんど問題はなく、春の過ごしやすい気候とともに穏やかだった。

もうすぐ来る平成から令和に改元する際のプラチナウィークとも称される十連休は楽しみだった。

和也とアキラは当初、フランスのパリやロシアのウラジオストク旅行を考えていたのだが、航空便が取れなかったこともあり、どちらも断念した。そこには言い出しっぺのアキラのいつもの計画のずさんさや見通しの甘さも絡んでいたので、内心少し腹を立てていた和也だったが、アキラが積極的に調べてくれたり、頑張っていてくれたのは知っていたので、何もしないで任せっきりの和也には怒る資格はないと思い、我慢していた。

ただ、今回結局プラチナウィークは近場の北関東の旅館で一泊の小旅行ということに落ち着いたのだ。それはよかったのだが、一度スケジュールを決めてから、リスケジュールする始末。確かに今度のプラチナウィークは史上稀に見る、各地で大幅な人出が予想される国民的行事ということだから、旅館を取るのが大変というのはわかる。ただ和也はアキラのすべてのことに対する見通しの甘さと他者を振り回すことに対しての認識の甘さに少し呆れていた。

和也はそもそもそんなに大層な旅行は望んでなかったのだ。もちろん十連休というのはお盆休みもない市役所職員の和也にとっては貴重な大型連休である。だから、和也も久しぶりにアキラと寝食を共にしたり、新鮮な空気を吸い、綺麗な景色を味わい、酒でも飲みながら、大いに夢や芸術や人生について語り合いたいとは思っていた。

そんな中で、今年に入ってからアキラに提案されたパリ旅行、それが一度断念されて、アキラの知人からの「チケットが空いている」という情報によって持ち上がったウラジオストク旅行、そのどちらに対しても和也ははなから「今年に入ってからで、チケット取れるのかな？」とは思っていたのだが、アキラが言い張るし、乗り気だったので、任せていた。そして、アキラがそう言うのだから、行けるのだろうと思い、パリのシャンゼリゼ通りや凱旋門、ルーヴル美術館、本場のカフェ、またウラジオストクでは、港から見える景色や酒場、新鮮な魚介類を夢想しては随分胸が高鳴っていた。旅行の準備もし始めていた。だが、結局そのどちらも実現することはなかった。

まあ、ここまではいい。ただ今回の北関東の旅行のリスケジュールの件は、謝り方が雑なこととまたこの出来事がいかにもアキラ的であることが相まって、和也は腹に据えかねていた。

結局それから和也とアキラは予定通り旅行に行った。楽しかった。はっちゃけたというより静かに充実していた。お互いが今いる地点を確認し合えた。

心配された天気も二日間とも気持ちいいほど晴れ渡り、新緑と心地良い風に包まれながら穏やかに二日間が過ぎていった。

アキラの計画のずさんさや見通しの甘さに当初腹を立てていた和也だったが、最近旅とは関係ないところで、一目置いている年上の知人に「あなたは自分のことしか考えていない。もっと他者を尊重することを考えなさい」と言われて、その言葉には自分にも身に覚えがあるので、当初は心の中で激しく反発したが、どこかで受け入れていった。

そして、アキラとこの度の旅行に臨む前には、そもそもいろんなことを調べてくれたり、手配してくれているアキラに対して、苛立ちを覚えるなどという鬼畜じみた自分の自己中心性に気づき、自分自身に恐ろしさを覚えるほどであった。

アキラとはいろんな話をした。何気ない話からお互いが今見ている景色を分かち合えた気がする。順風満帆じゃないにしろ、お互い着実に進んでいた。自分自身の中にある厄介などうしようもなさは据え置きだが、ものの見方が修正されてきた。自分に優しくなったというか中立的でバランスが取れたものになってきた。無理もあまりしなくなったし、その分だけ粘り強くなった。

凸凹の岩が連なった川原をヒョイヒョイと身軽に跳び越えていく姿や重い荷物を担《かつ》ぎながら山道をのっしのっしと登っていくアキラの後ろ姿に今までにない逞しさや自信を感じた。アキラが少し遠くへ行ってしまったような気もして、寂しくもなったが、別れるとかじゃなくて、お互いそれぞれ独立した人間になれてきたのかもしれない。
七、八年前のお互いダメで、途方もない挫折感と見込みのない夢を抱え、傷を舐め合い、慰め合っていた、まだ子供だった和也達は次第に過去のものとなり、夢に対していくらでも課題はあるにせよ、今持ち合わせているものは無力感だけではなかった。
「彼女が欲しい」「どうせ俺なんて……」「どうしてこうなっちゃったのかねぇ……」と相変わらず自嘲気味に口癖のように言っているアキラであったが、その言葉にはどこか以前のような悲壮感はなくなっていた。
もし望めば、この先パートナーもできるだろうし、お互い芸術家としてもやっていける気がした。だからこそ、この未来も未定で相変わらずのどうしようもなさを抱えて歩く道のりや汗で濡れた肌を捉える風が不思議なほど愛おしかった。
アキラという人間がかっこつけ（偽悪）の間に時折見せる誠実さや優しさを再確認したし、途中で立ち寄った公園でミニブタを散歩させている子供連れの家族とミニブタを撫《な》でながら打ち解けて話している様子を見て、アキラの奥行きや幅の広さを垣間見た気がした。いつの間にかアキラも大きくなっていたし、大人になっていた。

帰りの電車で眠っているアキラを対面に、音楽を聴きながら、和也は泣いた。なぜだかわからないけれど、涙はしばらく止《や》まなかった。その涙が心地よかったからアキラが起きて、怪訝《けげん》な顔をされないように慌てて隠すまで、しばらく零《こぼ》れるに任せていた。

勝利しました！

その後、和也は連休明けの仕事を順調に消化できていた。ところで、只木さんが詩集を作った。約一年かけて。「あさがお」のスタッフや只木さんの通う教会の知人などが協力して編まれた。絶え間ない幻聴や体調不良などで満足のいく出来ではないと本人が言う通り、雑な字の手書きのコピーやかすれや薄過ぎる印刷も目立った。只木さんという人物同様、詩集もあまり目立つことなく、手に取られても、少し読まれただけで雑に元あった場所に戻された。

ただ和也は繰り返し読んでいた。そこには一人の人間の真実があぶり出されているように感じたからだ。降り続けた雨、吹きすさぶ風、轟く雷鳴。悪いことをしたわけじゃなかったのに嵐はいくら経っても止まなかった。当然のように生きていることそのものに対する疑念や苛立ちが生まれた。生きることを放棄することも頭をよぎった。周囲の無理解、鳴り止まぬ幻聴、うまく生きられないことに対しての怒りや焦り。

只木は諦めた。流れるままに自分の身を浸そうと思った。プライドは折れ、我《が》も捨てざるをえなかった。だからって、何も変わらなかった。相変わらず無為に時間が過ぎてゆくだけだった。孤立はいっそう深まり、しわは濃くなった。社会からは忘れ去られ、壊れたみたいに同じCDを繰り返し聴いていた。いつしか求めることも忘れ、コンコンと眠るようになった。

そんな時だった。奴がやってきたのは。そいつは暴力的に只木の頭を内側から執拗に殴り続け只木はいつにも増して壊れてしまった。脳の割れ目からは水が滴り落ち、ここがどこかもわからず夢現《うつつ》だった。その時だった。彼がキリストを見たのは。カーテンを閉じた薄暗い部屋に射し込む光は幻聴や幻覚に苦しむ只木の瞳孔を捉え、自分が召された存在なのだと彼に悟らせた。奇跡みたいに得られた信仰はその後も揺らぐことなく、それは世代を超えて、今和也にも伝播している。

彼があの時見たものは何だったのだろうか？

『この地で』　　只木　守

通じ合えなかった友がいた
二十年、三十年前
本当にその人の事を思っていたか
むずかしい
結局、悪かったという想いが僕をその人の友としているのだろう
さまざまな障害の中で
雑に他者と付き合ってきた
今日は小雨のさみしい天気
遠い日々を思い出した
あの娘は今、どうしているのだろうか
ピアノの音がひびいている
うすいランプを灯した教会では
神の愛

雨は強まっている
雨は雨
僕の心の罪は洗われてゆく
あたたかい室内では説教が語られている
外の雨は更に強まっているのだろうか
主よ、祈ることを教えてください
そして、聖餐式《せいさんしき》のピアノの伴奏と共に
僕はここに死ねるような気がした

夜が明け始めている。今日から月曜だというのにあまり眠れなかった。今日は休むかもしれない。夢の続きを見ていた。「俺が亜沙美に見たのは夢だったのだろうか？」亜沙美は和也が生み出した幻想なのだろうか？

いろいろな女《ひと》と出逢ってきた。結末は報われたとも報われなかったとも言える。横顔、後ろ姿、微笑み。通り過ぎていった彼女《ひと》達。彼女達は和也に何を見ただろうか？

希望だろうか？　哀愁だろうか？　勝利だろうか？　敗北だろうか？

私はそんなに格好いい人間ではない。臆病で意地っ張りで偏狭で自己中心的で。特徴を書き連ねれば、欠点の方がはるかに多いだろう。馬鹿にされても仕方ない人間、嫌われてもしょうがない人間。自分の懐のことだけ常に考えていて、身を守ることばかり考えている。世の中に怯え、社会に敵意を抱いている。苛立ちや不満も隠そうとせず、悪態をついては周りをがっかりさせている。

反省はいつも形だけで、本心は入れ替えようともしない。たくさんの人を裏切ってきた。多くのため息を誘ってきた。大切な場面を台無しにしてきた。大事にしているのは自分だけで、取っているのはいつもひとり相撲。

弱くて応えられなかった。面と向かって話せなかった。相手の話に口を挟まず耳を傾けられなかった。

そんなことを今わかったってどうなるものでもない。後悔先に立たず、だ。

今でも自分に自信はない。仕事は続いているけれど、自立しているとは言い難い。不安にもしょっちゅう駆られるし、他人からどう思われるかばかり気にしている。心の中では他人《ひと》と比べたり、他者を裁いてばかりいる。掲げているのは理想だけで、目標を先延ばしにばかりしている。

成長しているのだろうか？　私は彼女達を裏切ってはいないだろうか？

亜沙美との別れは後味の悪いものだった。拒否されたし、一方的だった。簡単に言えば愛想を尽かされたのだ。和也はそうされるだけのことをしてしまっていたし、もしかしたらその拒絶は愛だったのかもしれない。断ち切るというのが最善の時がある。双方にとって。

あのままズルズル行っていても、何も生まれなかっただろうし、お互いを損なうだけだっただろう。

彼女は私に痕跡を残した。それは傷でもあり、痛みでもあり、拠り所でもある。私は今でもその時の痛みとともに生きている。

彼女をずっと待っていた。今でも来ない。ただ今でもずっと待っている。来るか来ないかは今ではもうどうでもいい。雨に降られながら私は彼女を待っている。私は誰を待っているのだろうか？

和也は先週は仕事を休みがちだった。月曜日から木曜日まで早退と欠勤を重ねてしまった。最悪のことが頭をよぎった。このまま体調が戻らず、退職することになるのではないか、と。出版の話もオジャンになるか、できたとしても結末に暗雲がたれこめてしまうのではないか、と。

長い一週間だった。仕事を休んでしまっている罪悪感で背中は硬く、足取りも重かった。復帰してもまた体調を崩すのではないか、職場や周囲の人に迷惑をかけるのではないか、いろいろなことが頭をよぎった。

これまでの職歴の悪夢のような顚末がまた繰り返されるのではないかと疑心暗鬼になった。出社しても怒られたり、状態を理解してもらえないのではないかと不安になった。

ただとうとう和也は金曜日出社した。怒られることはなく、それどころか心配してくれたり、気遣ってくれた。「私達も佐々木さんの障害や症状のことをもっと理解できるように勉強してみます」とまで言ってくれた。

人生、先は読めない。やってみなくちゃ、わからない。扉を叩いてみなくちゃ、開かれない。生きるのは恐い。散々痛い目にも遭ってきた。人を信じるのは恐い。裏切られるかもしれないからだ。ただ信じてみなくちゃ、始まらない。一歩踏み出してみなくちゃ、何も変わらない。そんなことを今回の件で思った。

暑さが顔を出してきた。夏に弱い和也は不安も感じていたが、なぜか胸が高鳴っていた。この夏に何があるだろうか？　大したことは何も起こらないかもしれないけれど、予感だけでわくわくする。

和也は何かをつかみかけていた。夕日のように遠ざかっていく青春の終わりに、実質のあるものを獲得しようとしていた。思えば、いろいろあった二十代、三十代前半。苦い味や痛みの方が多かったかもしれない。お世辞にもかっこいいとは言えない歳月《としつき》。恥をかいたこともあったし、人目もはばからず泣いたりもした。自分が全然前に進んでいないようで、いつも帰り道共に歩くのは徒労感だった。すれ違いや切なさに終わった関係。傷つき、傷つけあった記憶。なぜかそれらすべての思い出にどこか収拾がついてきた。それが自分の個人の、日記ではなく、人間の普遍的な成長記なのだと気づいた。

「馬鹿だったたな」と思う。紙一重だったと思う。少し間違えば命を落としていたかもしれないと思う。今こうして元気でいるのはまぎれもなく奇跡だと思う。

様々な人の、計算や打算からじゃない、心からの思いやりや善意で何とか持ち堪えることができた。「自分が何と闘っているのか?」は今でもわからない。ただ今は一人じゃなくて、他者や社会はむしろ味方なのだとわかってきた。

相変わらず絶え間ないプレッシャーを感じるし、気づいたらいつも劣勢だけれど、そんな時は嘘じゃない仲間を想い出す。彼らは本気で和也と向き合ってくれた。だから、これからどんなことがあっても、「彼らを裏切らない生き方をしよう」と思った。


和也は復調し、仕事を無難にこなせていた。日々迷うことや悩むことはあるけれど、「私の人生はこれでいい」と思えていた。里程標となる様々な出逢いとふれあい、日常で出くわす様々な場面が今は和也に対して肯定的だった。

職場でも神経質で無口で傷つきやすいところに半ば呆れられながらも、実直で真面目でスピードこそゆっくりなものの丁寧に正確に、仕事に向かう和也を受け入れてもらっていた。

ところで、最近こんなことがあった。以前ここでも書いたが、数週間前仕事を休みがちなことがあった。体調が思うようにコントロールできないもどかしさや周りに迷惑をかけているという負い目で和也は精神的にだいぶ追いつめられていた。

そして、結構な頻度で竹内さんに頼っていた。竹内さんは以前触れたが、和也より十歳ほど年長で社会経験豊富で、優しくて、社交性にも富んだ人だった。面倒見もよく、包容力もあり、愛に溢れた人だった。その分だけつけこまれたり、当てにされたり、寄りかかられてしまうことも多いこの人だが、どんなことがあっても、「人を大切にする」という信念や理想を捨てない姿勢からは学ぶことも多かった。そんなわけで和也もその時は隔日ぐらいで夜に電話して、悩みや心細さを分かちあってもらった。

そんな竹内さんの尽力もあり、和也は復調し、現在に至る。そんな経緯の中でこの前、フラッと本屋に立ち寄ったところ竹内さんが思春期に多大な影響を受け、今でも敬愛している「尾崎豊」の特集を大々的に組んだ雑誌が売られていた。和也は「尾崎豊」という男に凄みや天才性を感じるものの、大げさで宗教がかっているとも言えるパフォーマンスを半ば受け入れることができず、普段冷静な竹内さんが「尾崎」のこととなると急に前のめりになり、俄《にわか》に客観性を失う姿に少し白けた目で見ている節があった。

ただ「尾崎」について話し始めると、竹内さんは思春期に戻ったようになり、俄に活気を帯びる。口は滑らかになり、言葉には魂が宿る。

だから、竹内さんにこの雑誌を贈ろうと思った。もしかしたらもう持っているかもしれないし、年長の男性にプレゼントするというのは素直に受け取ってもらえないことも多いが、それにしてもこの雑誌は和也に何かを訴えかけていた。

そして、翌日和也はタイミングを見計らって、ドキドキしながら、幾重もの予防線を張って、恐る恐る竹内さんにこの雑誌を渡した。竹内さんはその場での反応は曖昧なものだったが、数日後にかかってきた電話からはほとばしる「尾崎」に対する想いと愛が伝わってきた。それはあながち和也に感謝を伝えるためのパフォーマンスでもなく、心からその雑誌に心奪われ、心酔したようだった。これがまず一つである。

和也は竹内さんに雑誌をプレゼントした後、少し遠いが最近は週末よく通っている「マハロ」の姉妹店「アロハ」に行った。「アロハ」は和也の最寄りの駅から往復千円以上の電車賃を要するが、和也は「マハロ」と共に過ごした日々や時間に熱烈な愛着心があったので、いつの間にか姉妹店「アロハ」にも足繁く通うようになっていた。

ただ「マハロ」の時のように店員さんと話し込むことや親しくすることは控えていた。お店の邪魔はしたくなかったし、そういう気分じゃなかったのだ。ただハワイアン音楽やカラフルなパレオを腰に巻いてきびきびと働く女性を眺めるだけで、幸せというか癒されていた。

和也は段々いろんな場所に「居られる」ようになっていた。大げさなパフォーマンスや余計な振る舞いなんかしなくても、受け入れられたり、存在を認められているという安心感や自信を持てていた。

そして、その日も「アロハ」にとって半ばお馴染みの客になっていただろうし、警戒心を持たれることもなく、その場に佇んでいた。何をするでもなくアイスコーヒーを飲みながら、店内を眺め、人の行き来や会話、雑音に身を浸していた。そんな時、一組の家族連れが店に入ってきた。しかし、どうやら入るスペースがなく、踵《きびす》を返すか、しばらくの間待たなければならないようであった。その家族は六人連れで席を数えれば、和也がズレればみんな一緒に座れるようであった。和也は譲ろうと思った。ただこの手の善行は一歩間違えると優しさの押し売りみたいになってしまうし、案外素直に受け取ってもらえないことも多いものである。

なので和也はかなり控え目に平静を装って、店長と思しき女性のそばまで行って、「もしよければ、ズレますけれど」と言った。そしたら、店長と思しき、謙虚で優しげな女性は、「ありがとうございます。でも、大丈夫です」と言った。和也は「やっぱりな。言わなきゃよかった」と思った。それから席に戻って居所のない和也は見たいものなどあるわけでもないのに、スマホなどいじって体裁を整えていた。

しかし、それからしばらくして、なぜか店長と思しき女性が近寄ってきて、「やっぱりお願いできますか⁉」と言われ、和也はもちろん快諾した。

このようなことがあった。そして、席をズレた後に「私はいいことしましたよ」みたいな感じにならないように平静な顔でスマホでユーチューブを見ていた。動画では十二年ぐらい前、つまり和也が大学生だった頃によく聴いていた、アジアン・カンフー・ジェネレーションの「君の街まで」が流れていた。その曲にこんな一節がある。

♪揺らいでいる頼りない君もいつかは
僕らを救う明日《あした》の羽《はね》になるかな

気づいたら、干支が一回りしていた。

順路とは言えないかもしれないが、道には出発当初の期待以上の出逢いがあったし、選んできた道に後悔はなかった。そして、和也は自分が徐々に守られる立場から、守る立場になってきたことを感じていた。


和也は六月を迎えていた。来月でとうとう市役所に勤めて一年が経つ。様々なことがあった一年。まさか一年続くなんて思ってなかった。和也の努力だけでなく、周りからの温かい支援や愛情、偶然も重なってここまで来られた。

見えている景色も変わった。より中立に見られるようになってきた。人間や世の中もそんなに捨てたもんじゃない、と。むしろ問題は自分自身にあったのだと。

世の中で起こる数限りない問題や事件に対し、和也はざわつくし、戦《おのの》くけれど、自分にできることは単純で、自分の仕事を誠実にやり、その時向き合っている「相手」を大切にすることだと思っていた。


昨日、アキラとフリマをやった。アキラの作品や雑誌を売ったのだ。予想通り大して売れなかった。文庫本を青や緑のペンキで塗り固め、「年金手帳・社会保険庁」と上から記したオブジェなんて、安い服や雑貨を買いにきた客に響くわけがないのだ。またその隣にあったブロック塀をふんわりとした布で包んだ作品に対しての「これは一体なんだ？」という疑念はとうとう最後まで解消されることはなかった。

ただそのような展示の中でも、時折止まってじっと見てくれる人や、アキラとアキラの兄が兄弟で手がけた雑誌を購入してくれる若い女性などがいた。

和也は正直アキラの発想や感性を理解できなかったし、ついていけてない部分もあるけれど、アキラの作品が響く人には本当に響いているということだけはわかっていた。

随分長い道を共に歩んできた。敷かれたレールなんてなかったし、周りの目は冷たかった。やろうとしていることは極めて困難だったし、自分達も自分達を信じきれずにいた。

だけれど、共に支えあって、切磋琢磨してここまで来た。六月初旬の日曜日はそんなに暑くなく、曇っているけれど、爽やかで、和也達の未来を祝福しているような気がした。アキラの作品に囲まれたブルーシートに座りながら、思っていたことは、

「もうしばらく僕らは僕らを信じていよう」ということ。

もうすぐ夏がやってくる。

そして、秋が来て、やがて、冬がやってくる。

ただ和也は、今はまだ、もうすぐやってくる夏のことしか考えられなかった。

『まだ夢の途中』

聴こえるかな？
僕はまだ生きていて、
こうやってみじめたらしく夢を追いかけている
冬の夜空は澄んでいて、
星々がそれぞれに共鳴しながら、瞬いている
君も見ているだろうか？　この空を
恋は実らなかったけど、
ある意味それが本当のハッピーエンドで
それからそれぞれの人生が始まった
君は結婚したかもしれないね
子供もいるかもしれないね
たぶん何かの仕事を持っているだろうし、
それが社会の役に立っていることだろう

君はあの時みたいにキリッとしていて
その姿はどことなく出勤前の母に似ていて
人生で出逢った大切な女達《ひと》に似ている
気持ちに整理がついて、違う地点に辿り着いた時、
人は泣いてしまうんだね
今の僕がまさに　そうで
涙を拭いながら
君にした一方的な約束を思い出している
馬鹿みたいに一人でもがいてきた
そんな僕が紡ぎ出す物語は一人よがりで、
稚拙だとよく他人《ひと》に笑われた
でも、昔君は言ってくれた
「信じていれば、夢は叶う」って
だから、今でも追いかけている
信じている限りは人はいつでも夢の途中にいることができて、
そして、僕は気づいた
僕がこの本で伝えたかったことは「君に会いたい」じゃなくて、

「あなたと出逢うことができて、よかった」なのだと
夜空を眺めると、星々は　幼い頃見た時のように綺麗で、
鮮やかで、澄み渡っていて、輝いている
きっと君もそんな空を見ているだろう
大人になったこどものこころを抱えて

完

著者プロフィール
田中 寛之（たなか ひろゆき）
1987年千葉県生まれ、千葉県在住。
慶應義塾大学商学部中退。
放送大学教養学部卒業。
アパレル店舗のバックヤード業務、監査法人の事務、雑貨販売店のバックヤード業務を経て、現在地元の市役所に勤務。
著書に『明日香』（文芸社、2012年）、『はじまりの詩』（文芸社、2015年）がある。

P176『この地で』は小澤学氏の作です。

まだ夢の途中

2020年2月5日　初版第1刷発行

著　者　田中 寛之
発行者　瓜谷 綱延
発行所　株式会社文芸社
〒160-0022 東京都新宿区新宿1－10－1
電話 03-5369-3060（代表）
03-5369-2299（販売）

印刷所　株式会社フクイン

ISBN978-4-286-20919-7